刀語（カタナガタリ）

西尾維新

第二話

斬刀（ザントウ）・鈍（ナマクラ）

BOOK & BOX ORIGINAL DESIGN by VEIA

刀語

第二話

斬刀・鈍

插畫：竹

書法：平田弘史

序章

■■

紙門應聲而開。

門內並不寬廣，說白了，相當狹窄。那是個家具全無、樸實無華的榻榻米房間，不過坐了個人，便已顯得滿滿當當，可見面積多小。

房中端坐一人，是個如婦人般蓄著長髮的苗條男子。

他身穿樸素的黑色長衫，雙目緊閉，盤坐於中央，便如沉睡一般——不，他確實沉沉睡著。

眼下已夜深人靜，倒也不足為奇；盤坐入眠之人，亦是有的。

只不過——

佩刀而睡之人，卻未免太過稀奇。他的左腰間佩了把黑鞘寶刀，人便倚刀而眠，彷彿為了護刀，又彷彿那刀比他的性命還要珍貴。

「……」

聽聞開門之聲，長衫男子緩緩睜開雙目。

「哈哈哈哇！」

隨著一道怪異至極的奇妙笑聲，一人由開啟的紙門走入狹窄的房中。那是個身著忍裝的男子，但他的忍裝與一般人聽見忍裝二字時聯想的裝扮略為不同，並無衣袖，反倒是以粗厚的鎖鍊纏繞全身。

「的臉丟挺也來說，門進走地大正明光者忍——何奈可無是也，下況情種這但。」

那名身著忍裝的男子如此說道。

然而他所吐之言，卻教人半句也聽不懂。

教人半句也聽不懂，正是這名忍者令人驚嘆的特性——詭怪奇譎的特性。

「號名上報先我。『鷺白話反』稱人，鷺白庭真的一之領首二十軍忍庭真是我。」

「……………」

相對之下，長衫男子只是不耐地瞇起眼，興許是因為一覺方醒，腦筋還沒活轉過來。話說回來，即使來人是在大白天登門造訪，突然來了個說話顛三倒四的忍者，要他應對得周全得體，那才叫強人所難。事實上，這名忍者如此古怪，照一般方式開門進房反而顯得突兀。

「哈哈哈哇！」

真庭白鷺——「反話白鷺」笑了，連笑聲都是反的。

「啊刀斬的鼎鼎名大是便，刀的間腰在佩地似貝寶肝心你？『鈍』刀斬。譬之摧不堅無有素，一之中其是便『鈍』刀斬把這而，形成完為把二十有，中刀體變把千的紀記崎季四。」

白鷺說道。

「我給交乖乖！」

「…………」

「驅齊駕並他和能就我，刀把那上手你了得要只；先領的蝙蝠叫個一是在現，量較在正們兄弟和我。吧忙個一我幫是作當就你！」

「…………」

「來過搶刀把，你了殺便我，來出交乖乖不是若。」

「…………」

白鷺咧嘴而笑，顯然偏好殺人奪刀的法子。

真庭忍軍。

在道上可說是無人不知、無人不曉，為一專攻暗殺的忍者集團；其中尤以十二首領之一真庭白鷺的忍法最為高明，連他的同門都自嘆弗如。凡真庭忍軍之人，莫不感激老天沒讓真庭白鷺與自己為敵。他那奇妙的顛倒說話方式，亦與忍法有著密切關係；而其恐怖之處，只有與他對陣之人方能明白——比如眼前這個腰間佩刀、端坐於地的長衫男子。

然而，長衫男子依舊不為所動，亦不把刀交給白鷺。

他根本文風不動，對白鷺毫無反應，直教人懷疑他是否睜眼睡著了。

莫非是因為白鷺說起話來顛三倒四，無法溝通？

或許便是這個緣故。

「啊人理搭不別，喂喂喂！的寞寂怪我害。法忍的我識見想你是還？的識見易輕能是豈法忍的鷺白庭真，啦筋腦傷可這——」

鏗！

正當白鷺洋洋自得地大說反話之際，長衫男子冷不防地動了，猶如進行某種預備動作。

但要說他動了，動作卻是微不足道，看來不過是右手握住了刀柄。

「嗯？」

白鷺見對手握住刀柄，臉色微微一變，卻仍不改一派從容。唯獨對自己的才能絕對自負之人，才有這般態度。

「刀拔想你，麼怎？便請，啊好！期死的你是即，際之刀拔，聲一你告警得我過不。鱗逆尋法忍的鷺白庭真一之領首二十軍忍庭真識見想你表代便，刀拔我對為因！」

「……我倒想請教……」

長衫男子終於對真庭白鷺開了口。

然而，那卻是——

「莫非你的忍法尋逆鱗，竟是被一刀兩斷之後還能繼續說話的絕技？」

——道別之辭。

「咦？」

即便白鷺乖乖不動，切口亦不會自行黏合；但他聽了對手這番話，忍不住探出身子，卻教勉強掛在下盤之上的上半身跟著滑落榻榻米。由於滑落時腦袋朝下——

「嗚哇哇哇！你、你是何時!?」

臨死前的哀嚎，聽來並非顛倒。話說回來，無論他的哀嚎聽來如何，俱已無關緊要——

「……祕劍，零閃。」

長衫男子平靜地低喃。

他依舊未曾移動半步，端坐於原地。

「唉！弄髒了榻榻米——也罷，和其他房間的交換便是……不，得先處理這個男人的屍首……等血乾了以後再動手吧……」

方才下手殺了一個人，但長衫男子並無感慨，只是漠然地盤算如何清理房間。

他的手離開刀柄，揉了揉眼。

似乎仍有睡意。

■ ■

當然——

倘若本書為現代娛樂小說，不難猜測真庭忍軍十二首領之一真庭白鷺乃是因「說起話來這麼煩人的角色，教我如何下筆！哪有什麼忍法會和顛倒說話有密切關連！」等作者個人因素而早早退場；但本書並非現代娛樂小說，而是武俠小說。換言之，真庭白鷺之所以速死，全因長衫男子的武藝卓絕。

四季崎記紀打造了千把變體刀，其中有十二把為完成形，而斬刀「鈍」便是其中之一。

持刀之人——宇練銀閣。

無庸置疑地，他是目前登場的人物之中最為強悍的敵手——說歸說，至今也才不過出現兩名敵手而已。

如此這般。

非為暗史，卻為假史。
雜劇，短劇，鬧劇。
刀語第二卷，就此展開！

一章 因幡沙漠

「好了，咱們該來想想口頭禪了。」

女子沒頭沒腦地說道。

那女子身形嬌小，一身如十二單衣般的錦衣華服卻令她看來比實際高大，直可以龐然形容；與其說是人穿著衣服行走，倒像是行走的衣服之中裝了個人，多不勝數的飾物便如強化裝甲。然而其中最引人注目的，卻是那一頭無瑕無垢的白色長髮。

她便是奇策士咎女。

「啊？口頭禪？」

男子則給了個稱不上反應的反應。

那男子與女子正成對比，身材魁梧，衣物單薄，若是再少穿一件便有礙觀瞻。他打著赤膊，下半身是簡單的寬口褲，餘下便是護臂與綁腿而已。他的背上負著沉甸甸的行李，量多得只差沒將包袱撐開，卻絲毫不以為苦。

他便是虛刀流第七代掌門──鑢七花。

「口頭禪？什麼意思？」

「爾竟連口頭禪也不知麼？這可不成。所謂口頭禪，即是在無心之下屢屢提及的辭句。」

「爾的。」

「不，這點兒常識我還懂得……咦？要想誰的口頭禪？」

「…………」

七花只能「哦」一聲，姑且點頭。

這反應是再正常不過。

「可是，既然口頭禪是在無心之下說的，刻意去想豈不奇怪……？」

「聽好了，七花。」

咎女豪邁地無視七花的反駁，開始說明：

「爾上個月在不承島上的英雄事蹟，我已動筆寫下。」

「唔？哦！對，奏章嘛！」

尾張幕府家鳴將軍家直轄預奉所軍所總監督。

此乃奇策士咎女的正式身分。

而她口中的奏章，便是進呈幕府上位者所用，亦是目前奉幕命行動的她親手撰寫的旅程報告。

所謂幕命，即是集刀之命——蒐集四季崎記紀的十二把完成形變體刀。

「妳是提過要寫奏章。對了，我不負所託，使了手俊俏功夫收拾了那個忍者小子！」

「爾收拾真庭蝙蝠的功夫如何俊俏，我並未親眼看見，是以無從下筆。」

「無從下筆？」

那我是為誰辛苦為誰忙啊？七花不由得犯嘀咕。

「虧我還照妳的吩咐去做！」

「無可奈何，未曾眼見，教我從何寫起？不過這問題不大，日後有的是機會。此事暫且按下不提。七花，在撰寫絕刀『鉋』的得手經過時，我發現了一件重大之事。」

「哦？重大之事？」

「爾太沒特色。」

她斷然說道，口吻直接又強烈，換作他人，聽了說不定就此抑鬱不振。

即便是在無人島長大、性格純樸天真的七花，也不由得僵住了臉，停下腳步。

「沒、沒特色……？」

「我撰寫奏章時，那個忍者老是搶盡爾的鋒頭；後來我重新謄寫數次，卻是白費功夫，無論如何斟酌文句，依舊無法令爾的風采壓過蝙蝠。最後我擬完草稿，自行重讀一遍，對爾留下的印象只有『袒胸露背的蠢漢』而已。」

「且、且慢，咎女姑娘！」

七花心神撼動，竟加上了姑娘二字。

「要在特色上勝過那種從嘴裡拿刀出來的傢伙，是決計不能啊！再說，不管特色如何，至少比武是我贏了——」

「比武自然不能敗，比特色也不能輸。爾這個人就是變不出花樣。」

「妳說話不能客氣點兒嗎!?」

看來比起「沒特色」及「袒胸露背的蠢漢」，「變不出花樣」五字更讓七花難以忍受。

他名叫七花，難怪無法容忍別人說他變不出花樣。

「更何況蝙蝠所屬的真庭忍軍之中，尚有更具特色的忍者。就我所知，嗯，有個叫做反話白鷺的忍者，話都是反著說的。」

「反著說……」

七花無法想像，亦不明白反著說話有何意義；不，縱然有天大的意義，他也難以認同。

「說真格的……咎女，不管是特色或其他方面，我都不愛妳拿真忍那幫人與我比較。」

真忍。

暗殺集團真庭忍軍竟被冠上了這般萌系簡稱。

當然，七花並無自覺；而由於時代因素，咎女亦未察知，反而因叫起來順口而積極採用。

真是令人不由掬一把同情淚。

「那幫人個個特色出眾，要爾一夕之間變為那樣，確是強人所難；而要爾效法他們，也太苛刻。不過，七花，爾總得下點兒基本功夫。」

「功、功夫……」

「唯有不斷用功，方能培育強烈的特色。」

「是嗎？我不認為……」

「因此──」

反駁全然無用。

咎女繼續說道：

「我才要替爾想個口頭禪。」

「哦……」

「所謂由形入神，就好比水，只要裝入容器之中，便能化為容器之形。七花，爾不可小覷口頭禪，這是最為淺顯易懂的特色，論及即效性，更是無人能出其右。口頭禪──亦可作口占、座右銘，便是說話的特徵。方才我所舉的例子──真庭白鷺反著說話，也算是廣義上的口頭禪。」

「唔！」

反著說話要怎麼說？七花完全不明白。

「我再舉個淺顯的例子……對了，真庭蝙蝠。真庭蝙蝠時常怪笑，對吧？

那種笑聲表現出他的幼稚、瘋狂與殘虐，只要一聽他笑，便知他異乎尋常。」

「我覺得當尋常人也沒什麼不好啊……」

「爾無所謂，我卻不然。如此一來，我的奏章豈不成為無聊的讀物？若是上司因此棄之不讀，該如何是好？」

「我對奏章所知無幾，不過所謂的奏章，不就是無聊的讀物嗎？」

天下間豈有教人拍案叫絕、欲罷不能的奏章？

「總之，切忌平淡無奇。在爾之前奉命集刀的劍客錆白兵，口頭禪可是帥氣得緊。雖然我極不願誇讚叛徒……卻不得不承認。」

「錆白兵啊……」

目前我國武功最高的劍客，據說是個年僅弱冠的少年。

「他的口頭禪是什麼？說來供我參考參考吧！」

「他在對白之間，常會插上一句：『誓令足下怦然心動！』」

「…………」

錆白兵。

既然他持有四季崎記紀的完成形變體刀之一——薄刀「針」，只要這趟旅程繼續，終有一天得碰上這個命中註定的對頭。然而如今的七花卻萬分不願見到這名男子。

咎女竟覺得他的口頭禪帥氣得緊……

七花不禁開始憂心前程。

「蝙蝠與錆集刀之時，我無須煩惱；但現下換作爾集刀，我卻得替爾設想這些事宜。贈完奏章後，我頭一件想的便是此事。」

「唔……」

多管閒事。

「對於不知世事的爾而言，我既是雇主，也是監護人。七實也曾托我關照爾。」

「我想我姊姊應該沒要妳關照這種事……」

「我再舉些例子供爾參考。嗯，就我所知……有人每見對手說一句話，不管有無可笑之處，都要回一句『可笑！』……有人尖叫時如狗一般，嗚嗚嗚叫……有人說話加上特殊的語尾……對了，還有方言，方言亦是淺顯易懂的特色，又可宣告自己的出身。」

「哇……種類還挺多的嘛！」

七花煞有介事地點頭，其實心裡覺得無關緊要。

又或該說他既懶得反應，也懶得反駁……

「啊！對了，咎女。」

「唔？何事？」

「有句話我常掛在嘴邊，不知算不算口頭禪。」

「哦？」

「就是『真麻煩』——」

「嗟了！」

咎女的直拳正中七花裸露的腰眼。

然而七花的身體已是千錘百鍊，任咎女細小的手臂如何搥打，也發揮不了多大效果。對七花而言，別說像被蚊子叮了一口，連蚊子停在身上的感覺都沒有。

「蠢材！焉能以這等散漫之辭為特色？主角滿嘴麻煩的奏章，讓人讀了都嫌麻煩！不，爾該站在我的立場想想，要我撰寫如此懶散的角色，若是我忍不住半途棄筆，又該如何是好？」

「是、是嗎……」

全面否定。

七花勉強可稱得上特色的特色，就這麼被全面否定了。

「再說，若是我描寫爾一面集刀、一面嚷著麻煩的模樣，豈不顯得爾集得心不甘、情不願？」

「妳要我集得興致勃勃？」

「當然。總歸一句，不能顯得是我強迫爾辦事。」

原來她擔心自己的名聲，說來亦是為官之人的悲哀。

話說回來，七花也並非心不甘、情不願。

「好啦，好啦……我不會再嫌麻煩了，這樣總行了吧？這事先擱下。咎女，我有點兒好奇，妳方才打我時喊的那聲『嗟了』是什麼意思啊？」

「唔？哦！」

咎女甩著手（看來她對七花的攻擊豈止無效，甚至打疼了自己的手），得意洋洋地笑道：

「那是我的口頭禪。」

「哦？是什麼意思啊？聽來不像日本話。」

「唉！離島長大的人果然無知，這可是不折不扣的日本話啊！『嗟了』是九州薩摩藩一帶流行的吆喝聲，與其說是方言，倒不如以文化相稱。我與九州並無淵源，但『嗟了』這種吆喝聲聽來挺可愛的，是以我常用。只不過在爾面前，卻是頭一次說。」

「原來如此，薩摩藩啊！」

「沒錯，極能彰顯我的特色。」

咎女挺起胸膛說道。

……當然，發祥於薩摩藩的吆喝聲是「嗟嗖」，「嗟了」乃是「再見！」、「拜拜！」、「保重！」等意之外來辭彙。這個白髮奇策士須等到三個月後的薩摩篇才能發現這個錯誤，屆時她將展現長達十頁稿紙的羞慚之情，敬請諸位看官拭目以待。

談話繼續——而這段談話與本書的正題十之八九毫無關連。

「不過，口頭禪的範圍太大了，口占也好，座右銘也好，一時間哪想得出來……？」

直到上個月以前，七花還生活在無人島中，與外人幾無接觸；咎女上島之前，他所認識的人唯有虛刀流第六代掌門——亦即他的父親鑢六枝，以及姊姊鑢七實。與這兩人談話時無須口頭禪，亦用不著特色。

七花沒特色，便是緣於此故。

那座島上沒有客觀觀點，有的全是主觀。

「放心吧！我早料到爾會有此一說，是以替爾想了些方案。」

「…………………」

真是死纏爛打。

七花不禁暗暗想道。

七花是藏不住心事的人，縱然沒說出口，想法也全寫在臉上了；然而咎女卻對他的反應視若無睹，滔滔不絕地繼續說道：

「當然，爾也有自己的喜好。」

任何時代皆然，獨斷專行的人總能掌握主導權，在談話中取得優勢。

「最終決定權操之在爾，爾盡可從候選中揀選中意的。」

「這權利還不能不要是吧……好吧……倘如有中意的，我選便是。」

「自然有。」

咎女自信滿滿。

看來這下沒完沒了了。

「首先是附和類的口頭禪，在對白之間加上『嗯哼』。」

「駁回。」

生性懶散，別人說什麼都輕易點頭的七花竟爾斷然拒絕。

「要是我看到以這種男人為主角的奏章，鐵定二話不說燒了它。這種奏章不能存在於世上。」

「何出此言？爾這般大漢故作媚態，正是別有一番風情──」

「先別管有沒有風情……好，我就說明白點兒，妳願意一個成天說著『嗯哼』的男人當妳的旅伴嗎？妳想和這種人一道旅行嗎？」

「唔？那倒不願意，還是罷了。」

她立刻讓步。

真是個自私自利的女人。

「再來是說話方式類，可走方言這條路子。」

「方言……這不是一朝一夕便能學成的吧？」

「試試京都話如何？爾這般大漢吳儂軟語，正是別有一番風情——」

「京都裡也有高頭大馬的男人啊……再說，咎女，妳這招『別有風情』說來是著險棋，只怕風情沒添成，先嘔倒了自己人。」

「嗯，沒想到爾的見解如此犀利。」

「算了啦！仔細一想，我也不必勉強學什麼口頭禪，妳寫奏章時隨意添上不就得了？」

「不成，奏章上不得有半句虛言。」

「可是妳這辦法等於造假啊！」

「虛言不可，但造假無妨。」

這判斷基準簡直是亂七八糟，但說來倒是挺符合咎女的作風。

「雖不可有虛言，但為了編纂上的方便起見，隱瞞事實卻是常有；我們這些對話，自是全數省略。話說回來，唔，附和類與說話方式類都不成……看來得用口占類了。雖然了無新意，還算是個穩當的方法。」

「妳該不會又要搞什麼『別有風情』了吧？」

「別擔心，這和別有風情類無關。我替爾想了三個威風八面的口占。」

「我用笑法類的便行啦！對了，就用那個忍者的怪笑法吧！」

「蠢材！這豈不和人撞了特色！」

「撞特色……」

「就某種意義上而言，比沒特色更慘。」

「………………」

這倒是。

七花出自本能地贊同。

仔細一想，他也不願與口中取刀的變態忍者擁有相同特色。

「是，是，我就聽聽妳推薦的口頭禪吧！」

「『看吧，我果然是最受老天眷顧之人，是不？』」

咎女說道，並催促七花複誦。

「『看吧，我果然是最受老天眷顧之人，是不？』」

「呃，咎女……我記得妳的設定是雖無武功，但智計過人吧……？」

「何出此言？若非智計過人，豈能靈光一閃，想出這等口頭禪？」

「確實是惡魔的靈光……」

這話不留情面，一出口便無轉圜餘地。

「基本上，這是挑釁敵手時用的辭句，足以顯示雙方判若雲泥及我方絕對的自信，不但表示爾無所不能，得勝時又顯得易如反掌。」

「我倒覺得只是惹人厭……」

「唔，老實說，爾若是令人鄙厭之人，於我倒是有利。將一個難纏又囂張跋扈的蠻漢整治得服服貼貼，更能顯出我的本領。就這節上，爾太過良善。」

「……………」

好個自私自利的意見。

自我中心也得有個限度。

看來咎女打算將七花定位成惡徒，以凸顯自己的手段高明。

「接著是第二種口占。『看來你似乎想流放外島啊！』……如何？」

「還能如何……？」

七花不知該作何反應。

自己流放外島二十年，拿什麼臉沾沾自喜地對別人說這句話？

「蠢材，這樣才更有說服力啊！」

要這種說服力何用？

妳的高官厚祿究竟是怎麼來的？

這話七花勉強克制著沒出口。

當務之急，是盡早結束這段對話。

他不願再擴大了——

不是擴大對話，而是擴大傷口。

「咎女，有沒有更……實際點兒的方案？」

「唔？方才的方案全都很實際啊……想不到爾如此挑剔，我還以為爾是不拘小節之人。」

「嗯，我也不愛長談這個話題，隨時準備妥協。總之，先讓我聽聽最後一個口占吧！」

「也對。接下來這個口頭禪，是從爾的殺手鐧『七花八裂』得來的靈感。」

「不是殺手鐧！」

是絕招。

也罷，意思相差無幾。

「在對手出言挑釁之後，如此回應：『不過屆時只怕你已被大卸八塊。』」

「…………」

七花很想否決。

事實上，一個不字已爬上喉間。

為何本門武功得被如此畫蛇添足？更何況『七花八裂』是七花自創的招式，格外受他重視。

然而，一想到後頭恐怕還有成千上萬個爛口頭禪，七花又覺得就此妥協方為明智之舉。這些口頭禪爛歸爛，畢竟是咎女費盡心思想出來的，說來有些過意不去；但若是全數聽完，只怕他會開始懷疑咎女是否比自己蠢笨。

七花知道自己蠢笨，並不以為意；但咎女可不能一樣愚昧。

這趟旅程決計不能變為雙蠢之旅。

「就用這句吧！」

「唔？」

「我說就用這句口頭禪！『不過屆時只怕你已被大卸八塊』，嗯，好得很，太適合我了，教我又驚又喜。」

「哦，就用這句麼？我還真有點兒意外，因為在我所想的諸句之中，這並非上上之選。說歸說，這句口占仍是我的得意之作，既然爾中意，我無話可說。」

「嗯……那麼，咎女，這個話題可以就此打住了嗎？」

「嗯，爾可謝恩了。」

「大恩大德，感激不盡！」

「嗯，嗯！」

咎女心滿意足地點頭，看來十分欣喜。

於是乎，鑢七花的口頭禪就此定案。

「唉，都是因為爾挑三揀四，才費了這麼多時間。不過眼下也不急著趕路，照這個步調，傍晚應可抵達目的地。」

「是啊！不過屆時只怕妳已被大卸八塊。」

「嗟了！」

咎女不由分說，給了他一拳。

如此這般，自不承島上初識以來，約莫過了一個月，這兩人已逐漸熟稔；相熟自非惡事，但兩人一路瞎三話四，難免引人注目，對於他們的目的大有妨礙。只不過於此時此地，卻無須憂心此節。

因為其時四下無人，他們腳下所踩的亦非街道，而是這個時代日本唯一的沙漠地帶——因幡沙漠。

■　■

故事回溯至前一天。

咎女與七花投宿於因幡前的小鎮客棧中。人在屋內，咎女便少穿了幾件衣物，然而環珮飾物依舊不離身，是以奢華印象絲毫未失。

「明天就到因幡了。」

用完膳後，咎女對正面的七花如此說道。

七花的服裝與戶外時無異，他原就打赤膊，再脫便成了一絲不掛。不，此時的他比起人在屋外時，穿戴得可說是更為厚重；因為那赤裸的上半身竟團團纏繞著咎女的白色長髮。

不僅身軀、手臂、頸子，甚至連頭部也纏著些許髮絲。

咎女的白髮極長，即使纏繞七花身軀依然有餘。有句俗諺說「婦人之髮，足可曳象」，然而無論有無此諺，看在不明就裡的人眼裡，這光景只能以異樣二字形容。

當然，七花與咎女並非在幹什麼變態猥褻之事。或許表面上瞧不出來，其實此乃針對先前七花與真庭忍軍十二首領之一真庭蝙蝠的不承島上之戰而做的反省與對策。

真庭蝙蝠。

他能化身為任何人，所用的忍術——忍法骨肉雕塑，絕非一般易容術所能比擬。他曾以此法欺瞞七花，攻其不備。

由結論言之，他的忍法對七花並不管用。

生長於無人島上的七花識人極少，記不得當日初逢乍識的咎女樣貌；因此無論蝙蝠模仿得如何維妙維肖，依舊是白費功夫。

七花的不辨菽麥，在先前一戰中確實發揮了良好作用；但如今已擊破真庭蝙蝠，便成了決定且致命的弱點。分辨不出雇主咎女與敵手，更是理所不容。倘若集刀時發生混戰，七花竟朝咎女使出虛刀流絕技，身無武功的咎女必是一擊斃命。

此事萬萬不可發生。

於是咎女尋思道：其他人便罷，至少得讓他分辨出我。

因此她開堂授課，好教七花認清她最醒目的特徵「白髮」。

「聽好了，不許咬，會傷了頭髮。」

「可以舔嗎？」

「可以，最好把味道記牢。不過別扭來扭去，扯疼了我的頭皮。」

「明白了。」

這堂課說來也真箇滑稽。

自從不承島渡海到本土以來，咎女與七花幾乎每晚都要做這例行功課；多虧這道功課奏了效，如今七花已有幾分辨識咎女的火候。

此事姑且按下，先談談明天的計畫。

「哦，因幡的——呃，哪兒？」

「下酷城，目標是斬刀『鈍』。」

咎女說道：

「也該是對爾說明斬刀的時候了。」

「嗯，我倒希望妳能早點兒說明，但妳卻說是祕密。」

「不是祕密，是機密。」

「有何不同？」

「重要程度全然不同。我應當略為提過，斬刀的特性在其鋒利無倫、銳不可當，據說無論任何物事皆能輕易一刀兩斷。」

「唔！」

七花漫不經心地答應，似乎並不當真。也難怪他，這說法太不著邊際，確實教人難以想像。

「和前一把絕刀正好相反嘛！絕刀是以堅韌為重點——唔？這麼說來，若是拿斬刀砍絕刀，會是什麼結果？」

「這可說不準了，不試試看，不得而知。不過自然是試不得的。」

咎女微微一笑，似乎覺得七花這個天真爛漫的問題有趣。

「或許造得較不完美的變體刀會輸。斬刀鑄成的時間應當較晚……若要勉強給個答案，也許是絕刀會被砍斷。」

「吁！」

七花戲謔地吹了聲口哨，望向一旁，彷彿刻意從咎女身上別開視線。

咎女並未忽略他的神情，暗自嘆了口氣。

與真庭蝙蝠的不承島上之戰雖然一波三折，終究是七花得勝；但七花勝了蝙蝠，卻稱不上贏了絕刀。咎女的目的是蒐集四季崎記紀的變體刀，自然不許七花折斷絕刀；但這麼一來，卻讓七花心裡留下了芥蒂。

不使刀劍的劍法，究竟能否贏過變體刀本身？

虛刀流。

想必他是躍躍欲試。

對七花而言，這趟旅程是棄絕刀劍的虛刀流與執著刀劍的四季崎記紀之間的勝負。

他這股不服輸的勁兒並不壞，卻教咎女不得不留意監視他。

「連絕刀都能砍斷的斬刀……」

「這只是推測，別當真。再說，這個問題的答案應視使刀之人而定。四季崎記紀的變體刀能給持刀者力量，越是高手用刀，越為可怕。」

「這倒是，光注意刀也沒用。所以這回持刀的是誰？不是忍者吧？」

「嗯，沒錯。」

應蒐集的刀共有十二把，其中絕刀已得手，因此還剩十一把；這十一把裡目前得知下落的有五把，而在這五把當中，咎女決定先讓七花奪取斬刀「鈍」。除了地理因素外，還有個相當淺白的理由。

「這回的對手是劍客。」

「那很好，虛刀流畢竟是劍法，應付劍客要比應付忍者來得容易許多。」

「那人名叫宇練銀閣，算是個浪人，也可說是一城之主。」

「啊？」

七花露骨地發出訝異之聲。

「妳在胡說什麼啊？咎女。浪人和城主可是天差地遠啊！」

「確實天差地遠……爾不知內情，我還是一五一十地說明吧！」

咎女說道：

「舊將軍頒布獵刀令時，斬刀的持有人為鳥取藩藩主麾下的武士，名曰宇練金閣。」

「宇練？」

「沒錯。從現任持有人宇練銀閣往回算，是十代前的祖先；與爾的祖先──虛刀流開山祖師鑢一根屬同一年代。」

「這麼說來……我懂了，那傢伙是戰國時代的人，手持四季崎記紀的變體刀參戰。戰國時代應當是四季崎記紀變體刀的全盛時期。」

「宇練金閣的功績雖不及在最前線打仗的徹尾家鑢一根，卻也立下了些汗馬功勞，只不過尚不足以留名青史。」

「唔？是嗎？」

「六枝前輩沒對爾提過宇練這個名號麼？」

「嗯，沒聽過。所以他的表現不過平平而已囉？」

「我說過，他也立下了些汗馬功勞。」

咎女重複道：

「任憑爾有通天本領，若是敵人只有一個，頂多也僅能殺敵一人。當年這一帶戰事雖不算少，比諸其他地方卻較為和平。」

「原來如此，虛刀流的開山祖師是在前線激戰區打仗，才能揚名天下。唔……」

說著，七花陷入沉思。

咎女但覺沉思二字與他格格不入，亦非他的作風，卻姑且繼續說道：

「之後舊將軍統一天下，頒布獵刀令，大名所擁的變體刀便一起收歸於舊將軍之下。」

獵刀令——遺臭日本史的惡法。

表面上以興建大佛亟需材料為由，從日本各地徵集刀劍；背地裡則是藉由奪取劍客的靈魂——刀，來將劍客自日本連根拔除。而真正的理由，卻是舊將軍那狂妄二字已不足形容的瘋狂念頭——將四季崎記紀的變體刀盡數納入掌中。

說來可笑，唯一達成的目的只有興建大佛一項。諷刺的是，如今土佐鞘走山清涼院護劍寺的大佛，竟成了全日本劍客——沒錯，未能根除的劍客——聚集的聖地。

真正的理由——蒐集變體刀，亦是中道而廢。

「不過除了十二把完成形以外的四季崎變體刀還是全集齊了，是吧？唔？既然宇練金閣是在鳥取藩主手下當差……那把斬刀應非他個人所有吧？」

「身為武士，說來是理所不容——」

咎女淡然說明：

「宇練金閣拒絕交出斬刀『鈍』。他宣稱斬刀並非鳥取藩所有，而是私物。」

在獵刀令頒布之前便已得知下落卻無法回收的唯一一把變體刀，便是斬刀「鈍」。

「寄身藩下，竟敢說『我的東西就是我的東西』？哈哈！真有種！不過他這麼幹，上頭的人鐵定不肯放他干休吧？他的主子……當時的鳥取藩主臉都被他丟光了。」

「沒錯。鳥取藩主立即問以犯上作亂之罪，派兵追捕；然而宇練金閣卻憑著斬刀『鈍』擊退了所有追兵。」

「這倒不難預料。」

「他擊退了鳥取藩及舊將軍麾下軍隊，合計人數超過一萬……哎！」

一萬哎。

非也，應為『一萬人』及『哎呀』才是。

咎女哀叫，乃是因為上半身纏著咎女白髮的七花聽了她這番話，竟展露這個時代難以得見的新潮反應──跌倒，扯疼了咎女的頭皮之故。

「爾做什麼！」

「不是，太扯了嘛！一萬人!?」

咎女怒吼，七花也立即起身，吼了回去。

「一個人擊退一萬人!?世上有這種人還得了！光聽到有人剁了一萬根菜頭我都要驚訝了，更何況是一萬個人！就算退個一百步，當作真有這種人好了，也該是最後一個敵手啊！為什麼這種人會排在第二號？而且實質上根本是頭一號對手！」

「冷靜點兒，這是過去的故事了。那人是金閣，並非銀閣。」

咎女安撫七花。

她已逐漸掌握了七花的性格。雖然他平時溫厚平和，一旦激憤起來卻毫無節制，是個急躁易怒的年輕人。

話說回來，七花今年已二十有四……興許是生長於無人島上的悲哀吧！精神年齡似乎較低。

又或許是被人慣壞了。父親六枝如何，不得而知；但姊代母職的七實似乎相當溺愛弟弟。

「……沒事了，我冷靜下來了。」

過了片刻，七花說道：

「但一萬人還是太扯了，一個人哪能減少這麼多人口？又何必從這種時代開始抑制人口爆發？再說，一把刀哪能殺這麼多人？除非是絕刀『鉋』——」

「畢竟是一百五十年前之事，或許數字不可盡信；但所謂無風不起浪，空穴不來風，可見他當時確實以斬刀殺了不少人。此外，七花，爾出身於不以刀劍使劍法的虛刀流門下，難免這麼想；但凡有神兵利器之譽的刀劍，縱使不如絕刀極端，理論上亦可半永久使用。」

「啊？是嗎？」

「半永久這三字或許稍嫌誇大。若是三流劍客，也許殺了十人後，刀刃便沾滿脂肉，不再鋒利；但一流劍客定然懂得如何殺人而不加諸負擔於刀身。換言之，能不損刀劍而殺人，方可稱為一流。」

「…………」

「否則，戰國時代打造的四季崎記紀變體刀焉能流傳千把至今？絕刀『鉋』以外的九百九十九把早該折損腐朽，但實際上卻不然，是吧？」

咎女又補上一句。

「當然，目前下落不明的六把完成形變體刀是否安然無恙，我無由得知。」

咎女自然希望其餘六把刀完好如初，但她必須認清現實。期望與樂觀是大不相同的。

「殺人而不加諸負擔於刀身——由此可見，四季崎記紀並不認為刀是消耗品，才會造出絕刀這般極端的刀。」

「縱使兵器再神妙，也得由一流高手來使，方能發揮得淋漓盡致。就這層意義上，當年斬刀在宇練金閣手上，可說是相得益彰。鳥取藩與舊將軍終究沒能從宇練金閣手上奪取斬刀，時光流逝，獵刀令被撤回，其後舊將軍亦——」

「失勢了。」

「並非失勢。」

咎女糾正七花的語病。

「他是壽終正寢。不過，宇練金閣如此明目張膽地與舊將軍為敵，最後終究被逐出鳥取藩，成了在野的浪人。」

「在野？這字眼下得倒不壞啊！」

七花暢然笑道。

鑢七花之父鑢六枝在當今家鳴幕府統治下的唯一戰役──大亂之中立下了輝煌戰功，乃是有大亂英雄之譽的劍客（他身為虛刀流掌門，自是不用刀劍，但姑且以劍客稱之）；之後卻獲罪，與家人一同流放外島，十九年來未曾離島半步，直到一年前才去世。

莫非七花將父親的影子投射到宇練金閣身上？咎女頓生此念，卻又立即打消念頭。

此事無關緊要。

更何況，咎女根本不願憶起七花的父親──即使當初她前往不承島是為了委託六枝集刀，而非七花。

因為鑢六枝於咎女有不共戴天之仇。

「宇練金閣雖遭放逐，卻未離開因幡。他並不另投明主，反而大剌剌地在因幡造屋定居，似乎極愛這片土地。而斬刀也代代傳承於宇練家──」

「落到了現任當家宇練銀閣手上？這麼說來……明天我們便要登門造訪鳥取藩因幡鎮上的宇練府？」

「非也。」

咎女一口否定。

「宇練府早沒了。」

「沒了？」

「或該說因幡鎮也已經沒了。」

「已經沒了？」

「說得更精準一點兒，連鳥取藩本身亦不復在。」

「不復在──」

「爾聽過因幡沙漠吧？」

咎女對難掩驚訝之色的七花繼續說道。

前提拉得太長了。

「嗯……我聽我爹說過，是鳥取的名勝，日本唯一的沙漠地帶。我爹說他曾去遊賞一次，一望無際的沙漠煞是壯觀……其實我心裡也挺期待能見識見識。」

「那爾大可安心，包爾看到生厭。」

咎女語帶嘲諷地說道：

「因幡沙漠自五年前便不斷擴大，原本只占據部分海岸，如今卻吞沒了整個鳥取藩。」

「…………」

「如今的因幡是住不了人的荒野。」

沙漠成長了。

環境變化劇烈，只能如此形容——這場自然災害的規模、速度皆是非比尋常，連長年治理因幡沙漠的鳥取藩與權勢滔天的家鳴幕府亦無計可施。

鳥取藩與因幡消滅之事，關在島上二十年的七花自然無由得知。

「劍客與刀劍還是勝不了自然啊！」

七花語氣無奈，似乎是心有戚戚焉。當時咎女已投身幕府，此事雖不屬自己管轄，卻也想了不少對策，只可惜是杯水車薪，未能奏效，因此她很瞭解七花現在的心境。

無力感。

這便是這種心境的名稱。

「不過——」

咎女說道：

「要論斷劍客與刀劍勝不了自然，或許言之過早；因為尚有個劍客安居於那種住不了人的荒野之中。」

「…………？」

「套句爾的算法，是一把刀——那把刀即是宇練銀閣。他獨自生活於現今因幡唯一的建築——下酷城中，斬刀『鈍』便在他的腰間。」

■　■

翌日——

奇策士咎女與虛刀流第七代掌門鑢七花便雙雙踩著滾滾黃沙，走著不成道路的道路，一路朝因幡下酷城而去。

「幸好現在天氣還冷。」

七花仰望天空說道：

「若是盛夏，妳穿得這麼厚，鐵定會熱死。」

「此言差矣！每到夏季，我自會減去三件衣物。」

「那也差不了多少啊！妳說妳手無縛雞之力，把行李全扔給我扛；但我手上的全部行李加起來，只怕還不及妳的衣飾重呢！」

「此言又差矣。姑娘家梳妝打扮用的力氣，和提重物用的本不相同。」

「怎麼，姑娘家的力氣還分兩種？」

七花啼笑皆非。

「我覺得衣服穿了只是礙事，不好活動。」

「我已經放棄替爾的上半身穿上衣服……但求爾別連下半身也脫了。我可不想和變態旅行。」

「放心，妳替我張羅的這件寬口褲，我還挺中意的；好活動，又好動武。」

「？好活動和好動武不同麼？」

「嗯，不同。」

「唔……」

沙沙沙沙。

兩人踏著黃沙一路前行，估計得走上一整天。

縱使所用力氣不同之言純屬玩笑，咎女能走這麼遠的路，可見得她雖無武功，體力倒是不差。至於七花自是不消說，對他而言，走一整天的路與睡一整天的覺所消耗的體力並無太大分別。

「沙漠吞沒了城鎮──這麼說來，倘若我在這一帶開挖，或許能挖出房舍民家來？」

「我們已經走了好一段路，目前這個區域在沙漠成長以前便已是沙漠，與許能挖出東西來吧！只不過是五、六百年前的。」

「唔……呃，對了，聽說鳥取藩的下酷城是蓋在因幡沙漠的正中央？」

「如今沙漠幅員有變，下酷城已不在正中央，而是在邊緣，可說是不折不扣的天然要塞；想來也未有將領進行攻打沙漠的訓練，因此更是易守難攻……話說回來，黃沙之上築城，可說是難如登天；這座下酷城能築成，實屬難能可貴。」

「所以才能成為因幡碩果僅存的建築。對了，咎女，我打昨兒起就想問妳一件事了。」

「唔？」

「妳要真忍的蝙蝠先奪取絕刀，乃是因為他是最『柔軟』的忍者，適合最『堅韌』的刀；接著妳要錆白兵奪取薄刀，是因為薄刀最為難使，放眼日本，唯有錆白兵能運用自如。」

「不錯。」

「那妳為何要我先奪斬刀？也是基於合手與否或特性上的理由嗎？但我不使刀劍，應無這類考量才是。」

「第一個理由是地理因素。目前得知下落的變體刀中，離爾所居的不承島最近的，即是斬刀。」

「原來如此，這倒合理。」

「理由不光是如此。爾師承虛刀流，不使刀劍，自無合手或特性相適之刀；與任何刀劍皆不相容，正是虛刀流的本色，亦是我將集刀大任交付於爾的理由。就這節上，確實有異於蝙蝠或錆。不過，七花──有一把刀卻是例外。」

「例外……十二把完成形變體刀之中的例外？」

「不，甚至可說是千把變體刀之中的例外。那例外便是斬刀『鈍』。」

咎女斷然說道。

「這話怎麼說？」

「爾不懂麼？對爾而言，刀刃鋒利並算不上特性。」

說道，咎女大喝一聲：「嗟了！」又揍了七花腰眼一拳。這個口頭禪便如上了詛咒一般，越是掛在嘴邊，日後丟的臉便越大。此事姑且擱下不提。

「嗯？幹麼？別三次都打同樣的地方嘛！」

「你也會痛？」

「不，那倒不會。」

「想當然耳。」

咎女說道：

「爾這千錘百鍊的體魄確實迷人，教人不禁想再三撫摸；饒是如此，這身肌肉仍非刀槍不入吧？」

「啊！」

「任憑爾如何磨礱砥礪，生物的硬度仍有界限；即便是破銅爛鐵——此非專有名詞，而是一般名詞——只要刀刃及身，爾的身軀便會添上傷痕。既然如此，刀刃鋒利與否又有何意義？爾向來赤手空拳，比武時亦不可能與對手持劍拮抗，是以斬刀『鈍』於爾，與尋常刀劍並無差別。」

「說得也是。」

聽了咎女的說明，七花恍然大悟。

斬刀確實是唯一的例外。

在各具特色的四季崎之刀中，唯一——對七花而言，與一般刀劍無異的刀。這便是斬刀「鈍」。

「原來妳並不蠢笨，這下我可安心了。」

「……？我還是頭一次教人安這種心……也罷。因此這回奪刀成功與否，必然取決於爾與宇練銀閣的劍法高下。既然對手的本領不似蒐集其他變體刀時一般因刀陡增，奪刀自然較為容易。」

「祖先宇練金閣的故事，我昨兒個是聽過了；但本人的武功高低，卻尚未耳聞。他也是個以一敵萬的劍客？」

「這我不甚瞭然，但武功肯定極高。據說他是拔刀術的高手。」

「拔刀術？」

「宇練家代代皆長於拔刀術，當然，宇練金閣亦不例外。宇練銀閣可說是專攻拔刀術的劍客，不過個性嘛，卻是極為古怪。因幡居民無論貴賤出身，人人皆捨棄了這塊沙漠化的土地，但他卻獨自留下，可見得其特異之處。」

「……這塊土地仍在沙漠化？」

「不，不知何故，約在一年前便已停止了。當時整個因幡已覆於黃沙之下，但周邊各藩所受的損害卻是微乎其微。」

「唔……」

「估算下來，沙漠化約持續了四年，其間便如地獄一般……也罷，七花，我問爾，虛刀流可有對抗拔刀術之法？」

「唔？哦，對抗拔刀術之法啊……唔，這個嘛……連我爹都說拔刀術是劍法的極致——這樣吧，咎女，我反過來問妳一個問題。」

「什麼問題？」

「宇練銀閣和錆白兵哪個較強？」

「……我未曾親眼見識宇練的本領，說不準……不過應當是錆略勝一籌吧！錆的武功高深莫測；有道是『累戰而不損刀劍，方稱一流』——只怕天下間除他之外，再無劍客能隨心所欲地使用薄刀『針』。以他的武功，以一敵萬亦是易如反掌。」

「原來如此。以妳的判斷基準，會得出這般結論倒不意外。那麼錆白兵與我，又是孰優孰劣？」

「…………………」

咎女一時語塞。

然而這一瞬間的沉默似乎已足以達意，只見七花苦笑：「沒想到妳如此不善說謊，難怪無法在奏章裡寫假話。」

「不，不然。七花，錆確實非比尋常，但若戰法得宜，爾亦非毫無勝算——」

「不不不，我不是這個意思，咎女。」

七花說道，口氣大膽，直逼狂妄。

「這代表妳對虛刀流只知皮毛——倘如妳瞭解虛刀流，便不會提出有無對抗拔刀術之法之類的蠢問題。」

「言下之意……連錆白兵亦非爾的對手？」

「這我可就不明白啦！」

再說我也不想和他碰頭。

七花旋即恢復往常那樂天又滿不在乎的輕率語氣。

「總之妳不必擔心。」

「哼……嗟、嗟了！」

咎女這回以雪屐往七花的腳趾狠狠一踩。

這招可真的疼煞人。

「幹、幹什麼？」

「別、別往臉上貼金，誰擔心爾來著了！我只是憂心能否順利奪得斬刀！誰管爾有何下場？代替爾的人多的是！」

「…………」

這就叫做……

就當它是日本自古便有的文化，只是這個時代尚無名稱。

「是、是嗎……代替我的人多的是啊……唉，原來是我會錯意了……」

說來七花也是隻呆頭鵝，竟真的為這句話難過。

無論如何，這段旅程似乎得暫時打住；因為有件物事橫臥於兩人步行的直線之上。

而那件物事，竟是具被一刀兩斷的男屍。

二章 宇練銀閣

■ ■

被鑢七花與咎女添了可愛暱稱「真忍」——想必當事人定不樂見且引以為恥——的暗殺集團真庭忍軍，如今雖舉里叛逃，但在牽扯上四季崎記紀的變體刀之前，與尾張幕府間卻還維持著合作關係。他們和幕府間的來往稱不上密切，地位或許不如幕府麾下的隱密部眾；但在忍法忍術方面，幕府借重真庭忍軍的程度卻遠勝隱密。

咎女擔任總監督的軍所之中，大半衙署俱是負責見不得光的任務，因此咎女可說是幕府之內最瞭解真庭忍軍之人。當然，縱使咎女，亦不認得十二首領全員；便是忍法，也僅知包含真庭蝙蝠在內的數人所用者。

然而，咎女對於那具被一刀兩斷且棄置於地的屍體卻有印象。

沒錯。

那是真庭忍軍十二首領之一，真庭白鷺。

■　■

鑢七花宛如作了場惡夢。

方才他並未看見那物事，映入眼簾的唯有斷為兩截、橫臥在地的人體而已；但當他與咎女奔至屍首旁時，一陣風吹起，眼前便冷不防地出現一座巨大的城池。

沒有城牆、護城河或都邑，唯獨天守閣倏然出現於黃沙之上。

「咦……？怪、怪了！」

方才並沒有這座城——至少他沒看見。

「我不是說過了？這是天然要塞。」

咎女與大驚失色的七花正好相反，對於這突如其來的城池顯得極為冷靜，彷彿早料到會有這種情形發生。

「爾可曾聽過海市蜃樓？光線因溫差而折射，使得遠處的物體看來像在近處，地上的東西似在空中，又或呈現顛倒狀態，甚至消失不見……此處為沙漠，離海又近，最是容易產生海市蜃樓。這種自然現象，可說是大氣造成的迷彩。」

不蓋城牆、護城河與都邑，即是為了避免妨礙海市蜃樓產生——明女淡然說明。

「須得走到跟前方能看見——這便是因幡沙漠的下酷城，易守難攻。不知者不知，但在少數人之間卻是相當有名的故事。」

「怎、怎麼，原來妳知道？那怎麼不事先告訴我？害我嚇了一跳！這既非祕密，也非機密吧？」

「對不住，因為我想嚇嚇爾……」

「…………」

原來她想惡作劇，卻碰上了最差的時機，幾以失敗告終。

明女蹲在屍身旁，細加端詳；此舉倒非是為了掩飾尷尬。屍首已開始腐

「話說回來……這個男人……」

敗，但仍保有原形。七花雖未蹲下，卻學著明女的樣兒，從她的肩上窺探屍體。

無袖忍裝。

層層纏繞的鎖鍊。

身為生存於黑暗中的忍者卻未蒙面。

有了這些特徵，照理說七花應當聯想至上個月甫交過手的真庭蝙蝠才是；然而眼下七花所能區別的人類僅有姊姊七實，勉強再添上奇策士咎女一個。他甚至不覺得眼熟，見了咎女的臉色，方才問道：

「妳認識？」

「……真庭忍軍十二首領之一，真庭白鷺。」

咎女面無表情地回答。

「我見過他……他和蝙蝠不同，不曾與我共事，是以我並不知他使的是何種忍法……但曾見過他數次。方才決定爾的口頭禪時，我曾舉了個『反話白鷺』的例子，指的便是此人。」

「嗯。」

七花點頭。

「到頭來我仍舊無緣見識他的反話是如何反法，不知算是幸運，還是倒運？話說回來，真忍的十二首領之一為何會斷成兩截，擱在這種地方？」

無人島上長大的七花鮮少見到屍體，但同樣地，也沒人教過他屍體的恐怖，是以他見了真庭白鷺的慘狀並不驚懼。但他既然親身領教過同為真庭忍軍十二首領之一真田蝙蝠的實力，自然不能不追究真庭白鷺的死因。

「這傢伙和蝙蝠應該是實力相當吧？」

「蝙蝠並不善戰……無論手裏劍砲或忍法骨肉雕塑，皆是適合暗殺的功夫，卻非正面挑戰的手段。白鷺的忍法為何，我並不知，但曾耳聞是適於打鬥的本領。就這節上，白鷺的武功應在蝙蝠之上才是。」

「但他卻被砍成兩半？」

七花檢視白鷺的身體切口。那切口看來非常平滑，顯然凶手下手時未有絲毫遲疑；若將兩截切口對齊，彷彿便會黏合起來。非但骨肉斷得一般整齊，更教人吃驚的是，連纏在忍裝上的粗厚鎖鍊亦同樣斷為兩截。與蝙蝠交手過後，咎女曾告訴七花，真庭忍軍身上的特殊鎖鍊其實是變種鎖子甲，亦即護具的一種。連護具都被一刀斬斷，可見真庭白鷺是死於無法防禦的招數之下。

「蝙蝠曾說過真庭忍軍的十二首領正在相互較勁，比誰集得的完成形變體刀最多；想來是白鷺得知因幡下酷城的宇練銀閣擁有斬刀『鈍』，找上門來，卻反而命喪刀下。」

「命喪誰的刀下？」

「自然是宇練銀閣。不過——」

咎女抬起頭來，望著（看似）突然出現的下酷城。

「沒想到真庭忍軍的首領竟落得如此下場，或許是我想得太簡單了。原以為對爾而言，斬刀是較易奪取的一把，如今看來似乎並非如此。」

「我也擊敗過真庭忍軍的首領啊！」

「但爾的情況，卻有幾分運氣。」

這句話倒不能一概否定。與其說是七花運氣，倒不如說是對手自取滅亡；當然，即使情況不同，七花亦有自信得勝，但他知道眼下如此主張並無意義。

「……也罷，往好處想吧！」

咎女搖了搖頭，倏然起身。七花不善察言觀色，無法從她的表情猜出她的心思。

「雖然一時大意，讓真庭忍軍搶先一步，但白鷺並未成功奪得斬刀；換個角度想，這倒也不算是椿壞事。倘若白鷺奪走了變體刀，這趟因幡便成了白走。」

「原來如此，要往好處想。」

七花點頭。

然而，七花對咎女的瞭解並未淺薄到把這話當真的地步。

「不過，咎女，宇練銀閣想必很清楚四季崎之刀的價值，如今這傢伙失手，他肯定防範得更加嚴密。也不曉得這傢伙用他的『反話』透了多少口風？最壞的情況，搞不好宇練銀閣已帶著斬刀『鈍』離開下酷城，這麼一來可就失去了斬刀的消息。」

「我想不至於。」

咎女說道：

「即使整個因幡化為沙漠也未離開這片土地的男人，豈會因一、兩個忍者而改變心意？再者——光看白鷺的慘狀，便知宇練對於自己的武功極有自信，應不會臨陣脫逃。」

「……現在該怎麼辦？」

七花姑且問道：

「我們可以改日再來。」

「不成。」

咎女立即回答，幾乎掩住七花的問題。

「真庭忍軍手腳極快，不容我裹足不前。七花，我現在反而安心了。多虧真庭白鷺陪襯，呈給上頭的奏章多了齣精彩戲碼；自擊退叛徒真庭忍軍的敵手手上奪得變體刀，是何等大快人心！更重要的是，這下我無須著墨於說反話的煩人忍者。其實我一直害怕這個忍者出現——提筆寫他不知有多麻煩，而且『白鷺』這個名號與我的特徵『白髮』二字又有些形似；如今這些隱憂皆消除了。」

這番話猶如鞭屍。

「再說，七花，如今獵物近在眼前，難道要我描寫爾落荒而逃的模樣？」

「原來如此，要往好處想。」

當然，七花並非不知她這話是強自鎮定，但雇主這麼說，他沒理由反對。

「我就是愛上妳這一點。」

下酷城冷不防地出現於黃沙之上，帶給七花無可比擬的衝擊與震驚；但待得片刻過後，他靜下心來眺望整座城池，才發現這座建築荒廢蕪穢，宛若廢墟。自不承島來到本土以來，咎女為了增長他的見聞，沿路帶他看過大大小小的城池，其中尤以下酷城最為破落殘敗。

此亦當然。

自五年前因幡開始沙漠化以來，這座城池便已無人管理。任他金城湯池、畫閣朱樓，少了修葺整理，皆是轉眼間荒蕪朽敗；更何況此城地處沙漠，能保有原形不致傾圮，已是近乎奇蹟。當年建造此城時，想必曾施以對抗乾燥與沙嵐之策；但如今因幡只剩下宇練銀閣一人，決計不能整修如此龐大的城池。七花略感不安，卻不能因此不進城，只得跟著咎女走入赤條條的天守之中。

雖說下酷城是座天然要塞，城內卻極為尋常，只是荒廢破敗，走廊及牆上處處沾染了黃沙。照理說入內不該穿鞋，但城內已荒蕪至此，想來應無人見怪才是。於是他們便將行李留在玄關，咎女仍穿著雪屐，七花則穿著草鞋踏上走廊。

此時咎女在前，七花在後。他們自入城以來便是這般隊列。

「七花，爾退後一步。」

入城之前，咎女如此說道：

「讓我在前。」

「…………？」

見七花不解其意，咎女又稍微變了個說法：

「我說，我要走在前頭。」

「妳要走在前頭……？為什麼？動手的是我，不是妳吧？莫非妳想先和宇練銀閣交手？」

「蠢材！我有多少本領，爾該心知肚明吧？要勝過我，比戳破紙門還容易。」

「這有什麼好得意的……？」

既然如此，咎女為何堅持打頭陣？

紙門可成不了擋箭牌，而七花亦無意拿雇主當擋箭牌。

「七花，看來爾似乎有所誤解，我就先把話說清楚吧！」

咎女停下腳步，轉身面向七花。他們身高差距甚大，縱使面對面站著，亦無法正面相對。

「我們並非強盜。」

「唔？啊？」

「我們身奉幕命，不得不蒐集四季崎記紀的完成形變體刀；但這並不代表我們可以闖上門去大鬧一場，不由分說地將刀奪來，而是得按部就班進行。在動手之前，得先談判。」

「……？那就用不著我啦！談判是妳的工作。」

「所以我才要打頭陣，但是爾亦得在場。如今與舊將軍頒布獵刀令的時代已大不相同——不，即便在當年，獵刀令亦是理所不容，才成了遺臭萬年的惡法。我們不能重蹈覆轍，縱使終究難免一戰，也得師出有名。」

「呃……我不太明白，總之便如同衙門辦差的手續，是吧？」

「……這回做此解釋即可。傳聞中，宇練銀閣並非善類，是個放蕩無賴的浪人，甚至曾受雇殺人；即便不提過去的舊事，現今他再三無視警告，私據城池，仍屬惡徒之流。」

「嗯，那倒是。」

「包含斬刀在內，目前已知下落的五把刀全是這類人所有，想必剩下的四把亦然。會自願沾染四季崎之刀毒性的人，九成九都是狂人；錆白兵雖是個卓絕的劍客，但在得到薄刀之前，便已非正派之人。饒是如此，七花，我仍須顧慮例外的狀況。」

「……有什麼好顧慮的？」

「倘若持刀者為良善之人，爾欲如何？」

與其說是詢問七花，咎女的口氣倒像捫心自問。

「我們雖非強盜，亦非俠士。有幕府做後盾，殺人並不會被追究，但也不能因此濫殺無辜。我們受命於幕府，卻非迫於現實需要而集刀，這點千萬別忘記。」

語畢，咎女便催促七花動身，硬生生地結束話題，朝城內而去。

老實說，咎女這一番話，七花是左耳進、右耳出，連一半都沒聽懂。七花如此渾渾噩噩，或許可歸咎於他不知世事，不懂何謂惡徒，何謂良善之人，何謂狂人；但客觀的原因，卻是緣於他從未設想、亦無從設想這一節。

虛刀流的存在即是一把刀；刀選擇主人，卻不選擇砍殺的對象。

縱然七花看來純真樸實——不，越顯得純真樸實，越表示他無善惡之分與倫理道德。七花被鍛錬成一把刀，從未學習過人性。

如此教養他的父親亦然。

無論對手是誰，絕不手軟；不分善惡忠奸、老幼婦孺，概不容情。

鑢六枝便是因此成為大亂英雄。

事實上，鑢七花還得過好一陣子才會陷入目的與人情兩難的境況。

「啊！」

「唔？怎麼了？」

「那塊榻榻米上有汙痕。」

七花一面警戒四下，一面於下酷城中探尋；他的目光往某個半大不小的房間飄去，竟發現牆邊的榻榻米帶著黑濁痕跡。兩人頓時領悟到那汙痕為何。

是血跡。

「這麼說來，真庭白鷺是在這房裡被殺的？」

「不……不是。」

咎女否定了七花的推測。

「這塊榻榻米的顏色與其他的不同。同一個房裡的榻榻米使用狀況相同，褪色程度自然也該相同；換句話說，這塊榻榻米應當是在其他房間裡染了血後，才與這裡的交換。」

「原來如此，這話有理。但幹嘛特地交換？」

「想來宇練銀閣是在固定的房間裡起居，而白鷺現身於那房間中，兩人交手，最後宇練銀閣得勝，卻弄髒了榻榻米。誰願意在染血的房間之中生活？因此他才替換了榻榻米。」

「唔……」

七花若有所思地望著天花板。縱使人高馬大的七花踮腳伸手，依舊搆不著那高聳的天花板；無論如何荒廢，城池畢竟是城池。

「怎麼了？還有不明白之事麼？」

「我是在想……宇練銀閣應該就在左近。染了血的榻榻米難免有血腥味，不會拿隔壁房裡的替換，卻也不至於跑到遠處的房間更換。」

「爾倒機靈。那就仔細搜索這一帶吧！」

「知道了。」

於是乎，兩人來到了那扇紙門之前。

那房間位於城內底端，並無特徵，亦無人的氣息；只不過自入下酷城以來，這裡是兩人所見唯一關上紙門的房間，其他的房門全是開的，顯然別有蹊蹺。

「……………」

「……………」

七花與咎女互使眼色。

七花欲拉開紙門，卻被咎女制止。咎女並未出聲，應是示意由自己開門；七花見狀，便乖乖縮手。他無意喧賓奪主。若論主從，自己是從；咎女要他打頭陣，他便上前，要他殿後，他便退下。

紙門年久失修，不甚靈活，但咎女稍微使力，便應聲而開。

門內並不寬廣，說白了，相當狹窄。那是個家具全無、樸實無華的榻榻米房間，不過坐了個人，便已顯得滿滿當當，可見面積多小。

房中端坐一人，是個如婦人般蓄著長髮的苗條男子。

他身穿樸素的黑色長衫，雙目緊閉，盤坐於中央，便如沉睡一般——不，他確實沉沉睡著。

「…………」

「…………」

兩人再度互使眼色，接著又不約而同地將視線移回男子身上。

長衫男子佩刀而眠，那把刀收在腰間的黑色刀鞘裡，刀柄與護手亦為黑色，襯著黑色長衫幾乎看不見。

此時，七花有股不可思議的感覺。

上個月不承島上一戰，真庭蝙蝠早在對手發問之前，便已沾沾自喜地誇耀自己從體內取出的刀為四季崎記紀的十二把完成形變體刀之一——絕刀「鉋」；但這回不同，沒人說那把黑色長刀便是斬刀。

咎女沒說，宇練銀閣也沒說。

嚴格說來，甚至無人保證眼前沉睡的長衫男子便為宇練銀閣；然而他的直覺明白了。

他明白了。

那把刀即是斬刀「鈍」。

「……？……呃……」

想當然耳，七花無法解釋這個現象。我怎麼沒頭沒腦地有了這種念頭？或許是我太武斷了，可別放鬆戒心——他的思緒轉了幾轉，那股不可思議的感覺僅停留了一剎那。

「爾便是宇練銀閣麼？」

緊接著，咎女清亮的聲音傳入耳中，七花便把那一剎那的感覺忘得一乾二淨。

見長衫男子依舊未睜開眼，咎女以一貫的傲慢語調報上名號：

「我乃尾張幕府家鳴將軍家直轄預奉所軍所總監督——奇策士咎女。」

按理說，咎女此時應當對男子出示上有將軍家家紋的令牌，才是正確的程序；遺憾的是，咎女所屬的軍所在幕府中乃是極為隱密且不為人知的衙署，是以並無證明身分之物，自報名號時只能以三寸不爛之舌取信對手。

「那把刀可是斬刀『鈍』？」

「……吵死人了。」

男子喃喃說道，幾不可聞，與咎女清亮的聲音成了對比。

「我確是宇練銀閣……妳是誰？什麼地方來著的咎女姑娘是吧……這把刀是斬刀『鈍』……但妳也不必扯開嗓門鬼吼鬼叫，我剛起床，聽了頭疼。」

「……失禮了。」

咎女稍微降低聲量，並露出微笑。得知對方便是要找之人，腰間長刀便是要找之刀，令她略為心安。

雖然人已醒來，但這名男子——宇練依舊盤腿而坐，並未起身。他只是勉強開了道眼縫，瞥了咎女與她身後的七花一眼。

他連入睡時都佩刀於腰間，是為了保護刀嗎？七花略感疑惑。擔心寶刀被盜，因此刀不離身，隨時繫於腰間……？也未免太怯懦。話說回來，普天之下能將刀藏於體內的，大概也只有真庭蝙蝠了；或許四季崎記紀變體刀的持有人總是為了如何收藏寶刀而煩惱吧……

「好了，幕府的大官到這種沙漠來有何貴幹……咦？妳方才指名提我，又是要來逐我離城……唔？不對，斬刀……」

「那把斬刀能交給我麼？」

咎女單刀直入地說道。

七花在背後聽了，只覺得未免過於直接。她嘴上說得先談判，但仔細一想，這個傲慢的女人懂得談判嗎……？上個月她上不承島雇用七花時亦是這等口氣（七花並不明白咎女作何解釋，但事實上，當時的談判亦是以失敗收場）……

「當然，並非要爾平白交出，幕府會盡可能滿足爾的要求。死守著區區一把刀，對爾並無多大益處。」

「……前幾天……」

宇練並未直接回覆咎女，而是以睡意濃厚的聲音說道：

「有個冒牌忍者來找我，說的話和妳差不多……怎麼？是妳的朋友？」

「並非朋友。」

咎女斷然否定。

這個奇策士曾被真庭忍軍狠狠擺了一道，口氣難免強硬；但既然要否定，至少順便否定一下「冒牌忍者」四字嘛——七花心腸倒不壞，竟替真庭忍軍設想起來了。

「我——們和那種下賤的忍者不同，期望的是正當交易。當然，雖說是區區一把刀，爾腰間的刀有多少價值，我很清楚。傳說中的刀匠四季崎記紀打造的完成形變體刀，乃是無可取代的稀世珍寶。不過，宇練——為了幕府，為了天下國家，請爾退讓一步，獻出刀來吧！」

「……滿口天下國家的人，不會是什麼好貨色。」

聽了咎女之言，宇練昏昏欲睡地回答：

「之前那個冒牌忍者說的話還比較中聽……不過那傢伙說話方式怪得很，說的和我猜的究竟一不一樣，可就不得而知了……哈……」

宇練打了個大呵欠。

見他言行如此，咎女臉頰上的肌肉牽動了幾下。

不但傲慢，又沒耐性……談判能成功才有鬼。想歸想，這話七花並未說出口。縱使咎女的個性再怎麼不宜談判，他仍不認為自己能勝過她。

再說，這是咎女的工作，身為刀劍的七花不應出口置喙。

……在他心底一隅，又覺得咎女明知不可為而為之的模樣笨拙可愛；他的心中生了這般放肆的念頭，自然是個祕密。

「爾也不願一輩子屈居於荒漠廢城之中吧！若是爾有野心，我可助爾一臂之力——無論表面上或暗地裡。」

「妳要替我這個浪人找出路？謝謝妳的好意。不過，聽說我的項上人頭還懸了賞金。」

「當然，這道枷鎖亦可除去。任何要求，聽憑尊便。」

「……哈！」

又是個大呵欠。

他顯然沒把咎女的話當真，打一開始便認定無話可說。

這可是代表刀的毒性已行遍了他的全身？七花尋思道。四季崎之刀的毒性，對於身為忍者的真庭蝙蝠或真庭白鷺或許影響較淺；但對於身為劍客的宇練，想必發揮了相當效力。

「喂，宇練——」

「……我很感謝妳沒繼續鬼吼鬼叫……但這會兒聲音太小，我聽不真切。

妳能否再靠近點兒？」

宇練睡眼惺忪地說道：

「再說，隔著門檻對劍客說話，未免失禮。我不知道妳官位多高，卻知道這不是有求於人的態度。」

「…………」

咎女不悅地嘟起嘴來，卻也承認對方言之有理，便跨過門檻，踏進宇練端坐的窄房之中。七花猶豫著是否該跟著進入，但見房間如此狹窄，光是宇練一人已顯擁擠，要容納三人更是難上加難，便決定留在原地。咎女的右腳及左腳先後踏進房內，此時七花不經意地發現她腳下的榻榻米顏色異於其他，心中暗忖：「哦！原來方才那個房間的榻榻米便是換成這一塊。」

正當此時——

宇練的右手冷不防地動了。

但要說他動了，動作卻是微不足道，看來不過是右手握住了刀柄。

霎時間，一道鏗然之聲響起。

然而在聲音響起的前一瞬間，七花也動了。他原本決定留在原地，卻在發現榻榻米色調有異之後不加思索地行動，幾乎是反射動作。他用上了全身每一寸倒旋，使出了一記迴旋踢——

「虛刀流，『百合』！」

然而，從七花目前的位置，縱然旋身百次，腳刀也難及鄰室的宇練之身。「百合」並不能增加腳長，七花這一迴旋，單腳勉強可及的並非宇練銀閣的身子，而是靠近自己的咎女。

七花不及紮馬便在直立姿勢下使出此招，是以功力並不到家；但咎女弱如紙門，若是照本宣科地使完「百合」，將渾身重量寄託於腳跟之上朝她踢去，只怕她有性命之憂。因此七花刻意以腳掌接觸咎女，這下倒稱不上「踢」，而是「推」或「勾」了。

他的腳掌擊中了咎女的胸口。

身無武功的咎女自然無法招架這記從身後攻向身前的奇襲，整個人由宇練的房間朝後飛往七花所在的房間。七花的腳旋轉一圈後，又從宇練的房間回到原位；迴旋的餘勢一時無法盡去，因此他又就地轉了一圈。咎女一屁股跌坐下來，隨即倒臥在地。

接著又是鏗的一聲。

「爾做什麼！」

咎女坐起身來，大聲怒喝。

七花親身體驗，才知咎女的吼聲果然令人腦袋發疼。

「冷靜點兒，咎女。」

「突然被踹了一腳，焉能冷靜!?蠢材！起先我誤以為有道看不見的力量將我吸往後方，還以為是被外星人綁架了！」

「妳這念頭還挺玄的……自個兒瞧瞧吧！」

七花心知嘴巴說明不若實際指示來得快，便指了指咎女的衣帶四周。但見咎女那身媲美十二單衣的衣飾竟於腹部正中添了道俐落的切痕，厚重的衣物被劃破大半，切口銳利，令人不由聯想至棄於城外的真庭白鷺屍首。

看來沒完全趕上。

不過，要比反射動作還快，是決計不能；這已經是這種情況下的界限了……這麼一想，或許該說是勉強趕上。

「什……什麼！」

這下子咎女也不禁臉色鐵青，啞口無言。

「若、若是我沒穿這身厚重的衣服，此時我的身體已然……」

「不，若是妳沒穿這身厚重的衣服，應該連衣物都是安然無恙。」

咎女方寸大亂。

然而她不愧是身經百戰的奇策士，立刻重整旗鼓；雖然人依舊狼狽不堪地坐在地上，一張嘴卻對著門檻彼端的宇練高聲叫道：

「你動了什麼手腳！」

「……真教我吃驚！」

宇練對幕府使者狠下毒手，卻依然神色自若；只見他仍舊睡眼惺忪，滿不在乎地說道：

「自我使用斬刀以來，妳是頭一個避過我零閃的人……不，或該說你們？抑或——你？」

宇練目視七花，雖然眼皮半垂，目光卻相當凌厲。

「吃驚的是我。久聞拔刀術乃是劍法極致，沒想到竟能如此神速。」

七花至今才發覺，宇練握柄之時響起的『鏗！』聲，乃是護手與刀鞘撞擊之聲。伸手握柄之時，撞擊聲竟爾同時響起，可見其速度如何超乎想像——拔刀之時，業已還刀。

一般人總將拔刀之際的刀刃軌跡稱為一閃，但宇練的拔刀術竟是連那一閃亦不得見。不可眼見亦不可耳聞——看得見的只有自己斷為兩截的身體，聽得見的只有一刀兩斷後的還刀聲，故以零閃為名。

這正是宇練家傳的至極拔刀術。

「好吧，既然你吃驚，我也吃驚，就當作扯平了吧！」

宇練賣了句歪理，手掌悄然離開刀柄。

雖然他的手離了刀柄，卻不能因此放心。

七花重新體認到自己的輕率。他以為宇練生性怯懦，才會刀不離身；豈知宇練的拔刀術迅捷無倫，隨時佩刀於腰間，方為最省事的保護斬刀之法。

「宇練，你竟敢如此大膽妄為！」

「我不是要妳別鬼吼鬼叫嗎……妳帶了那位武功高強的兄臺來，可見得終究是要強取橫奪吧？既然如此，這些拉拉雜雜的話就免了。或許妳能言善道……但我乃一介武夫，只會以劍說話。」

「兄臺!?我看起來像這小子的妹妹麼！我哪裡像妹妹了！」

咎女過於氣憤，反應顯得牛頭不對馬嘴；看來她的心緒仍未平復。

「當年我的祖先不惜與主子及將軍為敵，也不肯交出這把刀；若是我乖乖獻上，豈不終身讓人在背地裡恥笑？到時笑聲會吵得我睡不著！」

「你那麼害怕失去那把刀？」

見談判破裂，七花終於加入了宇練與咎女的談話。

「你那招零閃，用的若不是四季崎記紀打造的斬刀，無法如此神速；所以你才害怕失去那把刀？」

「是又如何？」

「也不如何，只是覺得使用刀劍的劍客不過爾爾。」

「……………」

沉默片刻後，宇練哈哈笑了一聲。

「你不是劍客吧？我看你並未攜帶刀劍——」

「我是劍客，如假包換。」

「那麼你也該明白——」

宇練說道：

「劍客無須言語。想要這把刀便閉上嘴巴來奪，而我也會默默抵抗。」

「怎麼？你挺頑固的嘛！」

「這是堅持。」

宇練不帶絲毫猶豫。

「說歸說，我的確害怕。雖然零閃並非無斬刀不可，但一旦嘗過這種速度及威力，便無法將就尋常刀劍。只不過，我怕的不是失去斬刀，而是自己的速度。你救了那個女人，或許志得意滿，但可別以為方才便是我的全力。零閃的最高速度，可是比光還快。要試一試嗎？」

宇練對七花招手。

「——咎女。」

然而，七花拒絕了宇練之邀；不，該說他完全無視，自顧自地對依然跌坐在地的咎女說道：

「我有幾件事想確定一下，行吧？」

「啊、啥？」

七花這話說得一派輕鬆又不識風色，教咎女滿臉錯愕；但他並不理會，又轉對宇練說道：

「喂！宇練，我們先開個作戰會議，立刻回來，你就打個盹等著吧！」

「……………」

「到時再見識見識你那最高速度的零閃！」

「……門關上再走。」

聽了七花這沒頭沒腦的一番話，宇練並未如咎女一般面露錯愕之色，反而加強了戒心；然而不消片刻，他又冷冰冰地說道：

「我很神經質，有光便睡不著。」

「是嗎？知道了，待會兒見啦！」

語畢，七花立即拉上紙門。紙門不甚靈活，費了些時間才完全關上。打開紙門的是咎女，關上的卻是自己，倒有某種象徵性——七花反常地想道。

「七花，爾怎可自作主張——」

「不不不，咎女，不是我出爾反爾，實在是他的拔刀術太快，不好對付。就算咱們不擇日再來，也得重整旗鼓才成。」

說著，七花朝咎女伸出手。咎女忿忿不平，不情不願地抓住他的手。雖說七花已減足了力道，但咎女畢竟硬生生地挨了虛刀流的腳刀，一時間自是站不起身。不愧是活紙門。套句咎女的話，若是沒穿那身厚重的衣服，搞不好那記『百合』會踢斷她的胸骨。

「啊！對了。」

這道聲音由紙門的另一端傳來，帶著濃濃睡意。

七花方才只是戲言，誰知宇練似乎真打算小睡片刻。

「白髮雌兒的來頭我聽過了，卻還沒請教這位仁兄的名號。留下萬兒來吧！」

「…………」

七花瞥了咎女一眼，咎女點頭示意。

咎女是以幕府使者的身分行動，七花不知虛刀流與其聯手之事可否張揚，是以未對宇練報上姓名；如今看來，報上名號似乎也無妨。

既然如此，七花斷無理由躊躇。

他對自己的身分向來引以為榮，視為承自父親的榮耀。

「我乃虛刀流第七代掌門——利七花。」

…………

他咬到了舌頭。

三章

落花狼藉

■ ■

滿口天下國家的人，不會是什麼好貨色——宇練銀閣此言是何用意，無人明白；以他的個性看來，或許並無用意，只是順口反脣相譏而已。然而，被搶白了一頓的咎女，確非為了天下國家而行動。

雖非強盜，亦非俠士。

受命於幕府，卻非迫於現實需要而集刀——既然如此，這名奇策士又是為何踏上這段旅程？

說白了，是為了她個人的仇恨，是出於私利私欲。

咎女的父親即是先前大亂的主謀——奧州的地頭蛇，飛驒鷹比等。倘若獵刀令為遺臭萬年的惡法，飛驒鷹比等便是遺臭萬年的惡人。歷史終究只是贏家任意撰寫的日記而已。

然而，咎女不願就此作罷。

父親的確是輸家，俗話說得好，成者為王，敗者為寇；但她不認為父親是惡人。

縱使被滿門抄斬，落得孤苦無依、孑然一身，她依舊無法割捨這份感情。

是以她捨去了其餘的一切。

捨去了名。

捨去了家。

捨去了情。

捨去了忠。

捨去了誠。

捨去了心。

為了完成父親的遺志，完成飛驒鷹比等未能完成的心願，她混入幕府；然而，尚不足夠。她賭上人生與青春，爬到了尾張幕府家鳴將軍家直轄預奉所軍所總監督的高位，但區區軍所總監督尚不足夠。為了報仇，咎女必須爬得更高。

沒錯，至少得爬到能夠面奏將軍的地位，張口可達天聽、伸手能及頸項。

唯有如此，方能改寫流傳後世的史籍。

輸家無權言語，死者更無從言語；她必須活著，成為贏家。對咎女而言，蒐集四季崎記紀的變體刀只是成為贏家的手段，並非為了幕府、為了將軍家或為了天下國家。

這是她的私心，既非必要，亦非必然。

那麼咎女的夥伴鑢七花呢？他又是為何而戰？

天下國家，對於出身荒島、絕俗離世的七花而言，是最為無緣之物。不使刀劍的虛刀流掌門，更無理由蒐集與他處於兩極的四季崎記紀所鍛造的變體刀——興趣或有，理由全無。正因為沒有理由，正因為虛刀流不執著於刀劍，咎女才找上虛刀流；但這箇中緣故，卻與七花無涉。

那麼，又是何故？

答案正如其人，單純明快。

他是為了咎女，為了一名相識不久的女子而戰。

過去他在無人島上日日勤練武藝，並無目的意義，亦非必要必然；直到二十四歲這一年，他才獲得目的與理由。

刀不選擇砍殺的對象，卻選擇主人。

而他選擇了她。

七花從咎女的頭號合作對象真庭蝙蝠口中，得知她蒐集變體刀的理由；她急於建功立業，並非出於忠誠，而是為了復仇。倘若只是如此，或許七花會當作是與自己這種離世之人毫無干係的勾心鬥角，並不放在心上。他不愛思考複雜的利害關係，也不願牽扯其中。然而，咎女的父親——亂臣賊子飛驒鷹比等之名，卻教七花不能不放在心上。

飛驒鷹比等。

這是七花之父——大亂英雄，虛刀流第六代掌門鑢六枝以手刀所殺的男人之名。不，正因為鑢六枝手刃飛驒鷹比等，方能成為大亂英雄。

七花的父親在咎女眼前殺了咎女的父親，她便是在那時白了頭。

……七花並非想為父親贖罪——戰場上殺敵究竟算不算罪過，他不明白；刀無法選擇砍殺的對象。七花怨的是渾渾噩噩的自己，怨自己過去盲目地崇拜父親，從未深思。更重要的是——他無法想像咎女為報殺父之仇，不得不求助於虛刀流的感受。

理由便唯如此而已。

因此，他決定為咎女而戰。

■ ■

「別那麼氣鼓鼓的嘛！咎女。」

「人家才沒氣鼓鼓的！」

「人家？」

「啊，不……我才沒氣鼓鼓的！」

她改口說道，語氣越是強硬，方才的失言便顯得越可愛；然而眼下並非會心一笑的時候。

話說七花為重整旗鼓，暫且離了宇練銀閣的居室；原本他想另找個房間議事便罷，但咎女卻主張一不做、二不休，索性出城，來到了因幡沙漠之上。

時已入夜，然而夜空中星光燦燦，尚不致一片漆黑。

兩人在沙漠中面對面席地而坐。即便在這種關頭，他們也沒怠忽每晚的例行公事，咎女的白髮又是團團纏繞著七花的上半身。一名錦衣華服的女子與纏繞著女子白髮的高大男子相對而坐，背景則是建造於黃沙之上的天守閣——實在是個頗為前衛的畫面。

又加上咎女中了宇練的零閃，衣衫殘破不整——不過咎女原先穿戴得便不甚整齊，這點兒破損反倒像是種妝飾。

「妳有時候說起話來孩子氣得緊……妳究竟幾歲？比我年長吧？」

「這等事無關緊要，爾也沒資格評論我的年齡。總之，我並沒氣鼓鼓的。」

「但看來卻是滿腹牢騷，不吐不快。」

「即便有，我也懶得說了。無論對爾說什麼，皆如對牛云云。」

「……妳會不會太簡略啦？」

就算心裡再不痛快，至少也把「對牛彈琴」四字說全吧！

「廢話少說，七花，爾想確定何事？宇練的拔刀術的確遠遠超乎我們的想像……但我不認為當時有任何理由鳴金收兵。」

「其實我並沒打算收兵。金是鳴了，但我的用意，只是試探那小子見我收兵，肯不肯罷休。」

「…………？肯不肯罷休？」

「換言之，他是否會追趕妳我二人。結果他並未追趕。」

「嗯，確是如此。」

「妳跨過門檻，踏入房間的瞬間，那小子便動了刀；反過來說，只要別踏入那個房間，他便不會出手攻擊我們。我頭一件想確定的，便是此事。」

七花說道。

「唔……確是如此，但那又如何？」

「事關一般劍法與拔刀術的相異之處……啊，不過我不用刀劍，因此談的不是用刀上的不同，而是進攻上的異處。」

自渡海來到本土後，咎女便帶著七花前往各處的劍道場，冰床道場便是一例。咎女的目的有二，其一是掌握虛刀流的招式，以定集刀之計；其二是增添七花的經驗。七花生長於無人島，缺乏實戰經驗；劍道場的比試雖稱不上實戰，卻是聊勝於無。只不過，這些比試終究不出練武範圍，對手俱是持木刀與七花交手，而非真劍。

木刀無鞘，練武對手之中自然無人使過借重刀刃走鞘之勢而成的拔刀術。過去的七花對於拔刀術，僅有父親教導的知識；然而今日實際對陣之後，他卻有了些許領悟。

「無論對手使的是木刀也好，真劍也罷，倘如這麼仗劍相對，往往令人感到心煩意亂，是不是？」

「唔？這是當然。任何人被兵器指著，皆是備感壓力。」

「唔，我不是這個意思……」

七花辭不達意，只得費心揀選言辭。

「刀是武器，卻也是最有用的護具。我說的不是以刀擋刀，而是這樣——」

七花倏地向咎女伸出白髮盤繞的手臂，咎女露出了微妙的反應。

「我用的是手刀，一般劍客用的自然是刀劍。倘若對手如此挺劍相持，不僅難以靠近，也難以進攻。」

「雖是棍棒，卻又似一道牆？」

「對，沒錯，這麼說就好懂了。」

見咎女明白了自己的言下之意，七花開懷微笑。七花不擅言辭，咎女能領會其意，全賴她的冰雪聰明。

挺劍相持。

此為現代劍道中亦有的招式。實際比劃過後便知，對手造出的「牆」於進攻上有極大的妨礙；當然，其中亦不乏例外。只要你不是虛刀流門人，自然也擁有這道以刀築成的「牆」，戰略便是由此而生。

「從前妳看過的『菊』便是個好例子。虛刀流向來視刀為對手的一部分，加以攻擊；這是反過來利用『人劍合一』的弱點，先破壞對手的那道牆。不過這招卻被妳封住了。」

空手入白刃——說來好聽，但虛刀流的招數一旦加諸於刀，刀身便難逃斷裂的下場。這段旅程乃是以集刀為目的，自然不容七花使用這類招數；因此咎女曾再三耳提面命，要七花務必以「護刀」為念。這道枷鎖使得虛刀流大半招式無用武之地，說來極為沉重；然而為達使命，卻是無可奈何。

「既然這道『劍牆』不能『破壞』，只得退而求其次，設法『瓦解』；但拔刀術卻沒有這道『牆』。」

「哦……是了，拔刀術所借重者為刀刃走鞘之勢，自然得在收刀狀態之下起手……不過宇練那種盤坐架勢算不算得上起手式，我倒是不甚瞭然了。不，拔刀術之中亦有坐式，或許真可稱為起手式吧！」

「他坐著出刀便已如此神速，倘若這還不是十成火候，最高速度確實難以想像。不過再怎麼快，總不至於快過光線吧！」

「是麼？我倒覺得這句話並非盡是虛張聲勢。既然看不見他的招數，或許真箇比光還快。」

「零閃——」

七花瞥了下酷城一眼；要說看不見，這座下酷城亦如是。於看不見的城池之中揮動看不見的刀——宇練銀閣。

「照這麼說來，拔刀術無『牆』，反而易於進攻？」

「正相反，咎女，沒有『牆』更難進攻。看得見的物事還好打發，看不見的物事避過便是；但原就沒有的物事，卻是無法打發也無從閃避。」

「…………」

「我爹常說，刀收在鞘中，便是隱藏了王牌；非但我方不知該何時進攻，還讓對手掌握了進攻時機，無法貿然進擊。先出招的分明是我方，攻擊權卻在對方手上。就像方才妳的情形一樣，一旦有人踏入攻擊範圍便拔刀，再簡單明白不過。我方不能貿然攻擊，對方卻是隨心所欲，後發先制，以靜制動，可說是最富攻擊性的劍法。」

「刻意賣個破綻，引對手進攻？」

「沒錯。即便不論這一節，拔刀術依舊棘手得緊。關於這點，我一開始便明白了──」

「棘手？有何棘手？劍即是劍啊！」

「嗯……呃……」

奇策士咎女雖身為運籌帷幄、指揮戰局的組織──軍所的總監督，卻不懂得分毫武功，對於打打殺殺的門道更是一竅不通。

她曾為了試探虛刀流的本領而帶刀造訪不承島，但那把刀如今也已送回尾張。這是她身為奇策士的尊嚴，不，是她給自己的戒律──絕不使用殺父滅門的「刀劍」來達成目的。是以她對於劍法一無所知，指揮大局方為她所長。

這廂侃侃解說的七花亦是幾無實戰經驗，說來是半斤八兩；因此這段含糊的對話之所以能持續，仍是建立於咎女的冰雪聰明之上。

「接下來這問題也和方才的『牆』有關。假使有把劍朝妳如此揮來，妳該怎麼辦？」

七花在咎女眼前演了個縱劈手刀。

「該怎麼躲？」

「我決計躲不開。」

「這有什麼好得意的……？」

「不能硬接麼？那便往右躲——」

「右前方才是正確答案。一般門派我不清楚，虛刀流對於這種縱劈攻擊，向來是教導該『往前躲』。」

「原來如此，一決死戰之際，若是被敵手欺近身來，確實有點兒麻煩；假如對手是趁著自己出招之際近身，更是無法招架。」

「突刺時的應對之道也一樣。只不過——」

七花豎指為刃，指住咎女的喉頭，接著又演了個橫刈動作，以手刀比劃拔刀術的軌跡。

「這招可不能往前避，也不能往右躲。」

「因為即使閃避，刀刃亦會逼近？」

「若是接不住，只得退後。就像方才那樣。」

七花說道。

方才的狀況，與其說是退後，不如說是被強行拉回；但咎女心知此時不宜反脣相譏，因此只是催促道：

「所以呢？沒有應對之方麼？」

「能招架自是最好不過，但對手使的是斬刀『鈍』，一個弄不好，鐵定被砍成兩半，就像真忍忍者身上的鎖鍊一樣。虛刀流的『菊』是用來對付突刺，另有個招數能應付拔刀術在內的所有橫刈招式，叫做『櫻』；只不過若使出這招，斬刀便會斷為兩截。」

「那可是本末倒置。」

「對，本末倒置。更何況我看不見零閃，光是躲避便已分身乏術。不見劍痕，只聞還刀聲，代表起手與收招幾乎同時完成；屆時真動上了手，我可沒把握能接下這招。」

「那豈不是九死一生？虧爾還誇下海口——」

這代表妳對虛刀流只知皮毛——這話確是海口。縱使「櫻」真能對抗拔刀術，不能使用亦是枉然，再提也只是落得彈空說嘴之嫌。

「等等，咎女，先別急，我沒說沒法子啊！那小子……宇練銀閣只精通拔刀術一招，對吧？精而不博，證明他對拔刀術有絕對的自信。咎女，那個真忍的忍者叫什麼名字來著？」

「真庭白鷺。」

「對，真庭白鷺——」

被砍成兩段的真庭白鷺。入下酷城之前，七花已將他的屍首埋於黃沙之下，是以如今環顧四下已不得見。咎女說忍者無須埋葬，但七花堅持入土為安，不肯讓步。

「妳想，他為何敗給宇練？」

「為何會敗？爾這是多此一問，自然是喪命於零閃之下。從屍體的切口判斷，唯有這個可能。」

「對，那麼為何白鷺會乖乖喪命於零閃之下？妳不覺得奇怪嗎？之前蝙蝠也曾說過，忍者的招牌便是卑鄙卑劣；既然如此，他何必正面挑戰宇練？」

「…………」

咎女大有同感，點了點頭。

「確實奇怪。屍首尚新，代表宇練與白鷺交手是在不久之前，但宇練看來卻是毫髮無傷……身為真庭忍軍十二首領之一，竟然無法傷及對手一根汗毛便成了刀下冤魂……」

「蝙蝠標榜自己闊氣大方，不過其他忍者可和他不同吧？」

「嗯……爾有何看法？」

「倒也稱不上看法。我想，白鷺當時是不得不正面挑戰。」

「不得不正面挑戰？」

「其實我早覺得事有蹊蹺。我們前往宇練的房間之前，不是發現了張染血的榻榻米？那張榻榻米和周圍的色調不同，老舊程度也不一，因此我們猜測是染血之後被替換過來的。」

「沒錯，這有何蹊蹺？如爾所料，宇練的房間便在左近啊！」

「下酷城和旅途中所見的城池相比並不算大，可也還是座城；現在只住了宇練一人，房間任他挑選。倘若他不願在染血的房間裡起居，大可換個房間啊！何必費事更換榻榻米？」

「……嗯，這也是個看法。不過每個人喜好不同，或許只是因為宇練偏愛那個房間而已。」

「我想便是如此。」

七花說道：

「那麼，他為何偏愛那個房間？」

「……………」

那房間既不華美亦不舒適，狹小偪促且位於角落，生活上顯然不便；但宇練為何選擇它作為居室？

「八成便是因為它狹小偪促且位於角落。」

「對本人而言較為有利？」

「迎擊敵人時較為有利。由構造上即可明白，那房間與其他房間並不相接，亦沒有窗戶，唯一的出入口便是那扇紙門；倘若將紙門換成欄杆，簡直可充作牢房使用。所以想拜見宇練，只能拉開紙門，從正面進入房間。」

「從正面——原來如此，只能從宇練前方進入之意？」

「沒錯。拔刀術乃是橫刈，長於攻擊前方，卻不適合攻擊後方；其實這一點換作縱劈或突刺亦然。那個房間甚是狹小，無法繞到宇練身後；縱然欲從左右迂迴，也會被橫刈過來的刀妨礙。」

「不錯。」

身為真庭忍軍首領的真庭白鷺，便是因此無法下手暗算，只能從正面挑戰。

「宇練未追趕我們，乃是因為這套戰法只能在那個狹小的房間施展。若非如此，橫豎已經交上了手，他沒道理放我們逃走。」

「地利於作戰大有干係，對吧？我和蝙蝠在不承島上交手，那兒是我的地盤；但那個房間卻是宇練銀閣的領域。」

整個房間都在零閃的攻擊範圍之內，而對手出招的速度又是迅捷無倫。

「爾拐彎抹角地說了許多，結論依舊是無計可施啊！」

「別性急嘛！我正絞盡了稀少的腦汁想方設法。」

沒錯，鑢七花正在思考。

這倒不是因為真正的口頭禪「真麻煩」三字被禁用之故。他只是沒說出口，其實心裡已暗叫了好幾次麻煩；就連和咎女議論，他也覺得麻煩得緊，恨不得立刻返回下酷城和宇練大戰一場。

但他卻忍住了。

為了咎女，他決計不能輸。身為她的刀，不容敗北。

父親的教誨、姊姊的教誨，以及旅途中咎女的教誨——七花用上了畢生所學鋪謀定計。過去他從不用大腦，如今卻絞盡腦汁、苦心思索。

「我頭一個想到的，便是設法引那小子出房間。」

「有理。只須移到鄰室，便可採取不同的戰法，手腳也比在那個水泄不通的房間裡時還放得開。不過這件事恐怕難辦，連我們離去，宇練都只是冷眼旁觀；他便像生了根，是不會離開那裡的。」

咎女說道：

「莫非爾想到引蛇出洞的法兒了？」

「他現在是困守圍城，只要時日一久，總有一天得出來——」

「爾可別縱火燒城，我們的首要目的是斬刀，倘如因此失落，便是本末倒置。」

「說得也是。我們又沒有暗器，就算有，八成也對斬刀不管用。若是這類手段都不可行，我能想出的法兒只剩一個了。」

「哦？」

反過來說，還有一個辦法。咎女對此頗為意外，顯得興致勃勃。

「很好啊！說來聽聽。」

「我可以說嗎？」

「有什麼好猶豫的？」

「嗯，首先，由咎女進入那個房間。」

「嗯，嗯，由我進入房間。」

「然後身中零閃，變為兩截。」

「哦！原來如此，原來如此。我被斬為兩截？可真是有趣得緊！七花，快繼續說下去。」

「宇練連榻榻米染血都無法忍耐了，自然忍受不了死屍；看真庭白鷺的例子便可知，他必然會到城外棄屍。屆時莫說離開房間，他甚至得踏出城門，來到這個毫無掩蔽的沙漠之中。」

「然後呢？然後呢？」

「我就趁機下手收拾他！」

「嗟了！」

他們倆坐下時的身高差距不似站立時大，因此咎女的雪屐正中七花的下巴。這一腳威力雖然不大，卻已足以踢翻七花；此時纏在七花身上的白髮順勢一扯，到頭來嘗到皮肉之痛的人還是咎女。打個不符合這個時代的比方，便像是踩著了自己鞋帶而跌倒一般。

「……這、這下我豈不斷為兩截了!?」

咎女強忍著頭皮疼痛斥責，精神可嘉。

「我說過，爾不但得『保護刀』，也得『保護我』！天下間豈有拿雇主當誘餌的打手！」

「嗯，所以我也覺得這方法不可行。」

「廢話！連想都不該想！」

「那就只能打消引蛇出洞的念頭了。不過，我還有個方法，咎女。」

「…………」

用那個方法，我不會斷為兩截吧？咎女滿懷戒心地瞪著七花，但七花卻輕易避開這道目光，說道：

「既然只能正面決戰，那就正面決戰。」

他的語氣極為認真。

「……七花，若這便是爾的結論，我可要生氣了。」

「妳打一開始就一直在生氣啊！」

「別打哈哈！既然橫豎得正面決戰，方才為何退兵——」

「第一，我想向妳確認我的看法是否正確。與蝙蝠決戰時是趕鴨子上架，對我而言，這回才是頭一場仗；但為了下一場仗，為了今後的勝利，我得邊學邊打，不能只求勝利，更不能像蝙蝠那時一樣，憑著僥倖獲勝。」

「唔……」

原本咎女蓄勢待發，正欲訓斥七花一頓；沒想到七花這番話說得入情入理，令她無從發作。

「……這是第一個理由，那麼除了試探宇練是否追趕以外，還有第二個退兵的理由麼？」

「第二個理由可實際多了——妳的位置不大穩當。先前我與蝙蝠在不承島上酣鬥，妳卻被他趁隙擄走；我不願重蹈覆轍，才會暫且退兵。」

「啊！」

咎女被「百合」拉回之後老坐在地上，並非是嚇軟了腿，而是餘勁未消，無法自行起身。

「我不但得『保護刀』，也得『保護妳』，是吧？」

「……爾既然明白，方才就不該出那條害我斷為兩截的爛計。」

這話字面上看來嚴厲，但咎女的語氣卻略顯嬌嗔。也不知七花有無察覺，只見他若無其事地續道：

「所以啦，妳就躲在我身後吧！方才是我殿後，這回咱們換手，攻守交替，輪到妳在後頭。如此一來，我既可以保護妳，又多了層保障。」

「保障？」

「萬一之時的保障。倘若我和宇練戰得不相上下、難分難解，有妳在我身後，定能發揮良效，瓦解他的領域。」

「我想爾也該心知肚明……七花，我可沒本事替爾護住後心。」

咎女訝異地說道。

「不是啦！」

七花笑道：

「眼下我也不知該怎麼說才好……總之我希望妳這麼做。倘若單考量妳的安全，照理說是該把妳留在這裡，我自個兒回城中找宇練；但我還是希望妳能勉為其難，冒險陪我一道來。」

「…………」

「不如這麼說吧——」

他又說道：

「有個物事得守護的人，往往比較強。」

■

■

便如指使真庭蝙蝠取絕刀「鉋」、鑢白兵取薄刀「針」一般，奇策士咎女命鑢七花先取斬刀「鈍」，亦有她的道理；除了地理條件之外，便是因為神兵利器與破銅爛鐵之於虛刀流並無差異。其實就是不看這兩樁事，她選擇宇練銀閣為鑢七花實質初戰的對手，仍可稱得上是先知卓見。

因為宇練銀閣雖身為劍客且長年擁刀，卻是個幾乎不受刀毒影響的奇男子。

四季崎記紀之刀的毒性，乃是令劍客為之發狂的奇毒；其中最顯著的例子，便是舊將軍頒布的獵刀令。被譽為當代日本最強劍客的錆白兵亦身中其毒，背叛咎女與尾張幕府；便是非屬劍客的忍者真庭蝙蝠，也無法脫離毒性控制，其中情由於本作第一回即有描述。

然而宇練銀閣卻不同。

當然，刀毒確實侵蝕了他的身體，然而他自父親手上繼承斬刀前後，性格並未有明顯變化。舉個例子來說，尋常人得到四季崎記紀之刀，便會興起拿人試刀的歹念；但宇練得刀之前便以斬人為樂，因此不算是受了刀的影響。四季崎變體刀的毒性強烈，像他這般武藝高強的劍客竟能不受影響，實難想像。

支配了戰國的刀。

生於戰國、為宇練十代前祖先的宇練金閣顯然受斬刀茶毒至深，否則豈會寧與鳥取藩及統一天下的舊將軍為敵，也不願放棄變體刀？以一敵萬的傳說，即便是身為子孫的宇練銀閣亦不敢輕信。然而，不光是宇練金閣，其後繼承斬刀的宇練一族，乃至宇練銀閣的父親，全都毫無疑問地發了狂。

為斬刀「鈍」而發狂。

說來也是合該有事，宇練家家傳劍法——拔刀術零閃與斬刀是天作之合，便如受命運牽引一般。

刀不選擇砍殺的對象，卻選擇主人；宇練一族上下皆具備了發狂的資格，因此雀屏中選。

「…………」

當然，當今的宇練家之主宇練銀閣並不明白自己發狂與否。刀毒的行進狀況，原非當事人所能判別。

然而，縱使宇練並未發狂，他依然守著斬刀。

說來湊巧，七花在城外對咎女言道：有個物事得守護的人，往往比較強。對宇練而言，該守護的物事便是斬刀「鈍」及這座下酷城。

五年前，身為名勝而繁榮了當地的因幡沙漠突而反噬鳥取藩民，猶如生物般顯著成長，吞沒了全藩。

家園、田地、山川、營生、起居及所有一切，盡數沉入黃沙之下，半點兒不留。

不，唯獨留下了建立於滾滾黃沙之上的下酷城。然而城內已空無一人，說來並無分別。

沒錯，人人皆逃離了這片沙漠，捨棄了故鄉，逃往伯耆、美作、播磨、但馬，如鳥獸散，如霧散雲歛，如狼奔鼠竄。宇練雖然聲名狼藉，倒還有過幾個親近的朋友；只是這些為數不多的友人也不在例外，全離開了因幡。

於是乎，沙漠停止成長之時，只剩下酷城與宇練銀閣仍留在因幡。

宇練自知，與其說他是主動留下，倒不如說是不得不留。他錯過了離開因幡的時機。

倘若他不是最後一人，而是倒數第二人、第三人，或許他即使躊躇，即使眷戀，最後仍會離開因幡。

但如今他成了最後一人，已然無法抽身，甚至不容猶豫。

……獵刀令頒布之際，宇練金閣不惜與全藩及全國為敵，守住了斬刀「鈍」，且半步未離因幡。人人都說是因為宇練金閣深愛這塊土地，但身為他的子孫，長住於下酷城而不得脫身的宇練銀閣卻深知祖先的心境絕非如此單純。

那應該是種偏執，是種妄念，又或是種堅持。

對宇練金閣而言，守住斬刀「鈍」，便等於長住因幡。代代受刀毒之害的宇練家族亦是如此。

然而，宇練銀閣不同。他瞭解宇練金閣的心情，乃是因為他是宇練家的異類。正因為是異類，才能認清本質。或許他也錯過了發狂的時機，便如錯過了離開因幡的時機一般。

雖然他與眾不同，守護的物事卻相同。

——我……

宇練靜靜地想著。

——我需要守護的物事。

否則無法奮戰下去。

——奇策士……

宇練已忘記那冗長的名號。他方才出手襲擊（並非威嚇或虛張聲勢，而是真欲除之而後快）的白髮女子咎女自稱是幕府之人；他並非不信而揮劍，正因為確信她是，才驟施殺手。

——這下子我和祖先便是一丘之貉了。

雖然不同，守護的物事卻相同。

——這回可是獵刀令捲土重來？

自宇練定居下酷城以來，有不少諸如「冒牌忍者」真庭白鷺之流的人找上門來；下至強盜歹徒，上至一般商人，全都被他一刀刺死，無一倖免。待得他成為唯一的因幡人，這類不速之客才逐漸絕跡。

過去他殺的多是鄰近諸國遣來命他離城的使者。對宇練而言，他是在守護該守護的物事。

——話說回來，為變體刀而來的不速之客，真箇是暌違已久。管他是忍者也好，幕府使者也罷，絕不容對手踏入自己的領域三步。

這個居室狹窄偪促，對手決計欺不至身後，因此宇練的拔刀術同時擁有絕對攻擊力與絕對防禦力，可說是固若金湯。縱使敵人如何人多勢眾，能跨過門檻的一次頂多只有兩人。

宇練暗忖：興許在這領域之中，真能以一敵萬。

然而眼下的問題，在於那高瘦男子似乎發現了這個領域的祕密。他用腳勾回草率踏入領域的奇策士，便是因為發現了這個祕密？那小子曾垂下視線，像是在觀視更換後的榻榻米。

——又或只是湊巧？

無論是或否，當他說要重整旗鼓而暫且退兵——十之八九已出了城外——時，他的發現應已化為確信。那男子看來雖大而化之，卻沒糊塗到沒察覺不追趕——不，是無法追趕兩人的宇練有何蹊蹺。縱使那男子未察覺，白髮女子也會發現宇練未加追趕有違常理。忍者真庭白鷺找上門來時，宇練搶在他發覺之前便成功地一刀殺了他，但這回卻不然。

——即便被發現了，也無關緊要。

這是個問題沒錯，但卻是個小問題。

比起領域的祕密曝光與否，宇練更關注的是祕劍零閃被避過之事。縱使對手是事後察覺，依舊改變不了零閃落空的事實。

——他說他是何門何派來著？

對了，虛刀流，虛刀流的鑢七花（他後來又重新報上名字）。

鑢一根的來頭，宇練倒是聽過，鑢六枝的名號亦是略有耳聞。

活躍於戰國時代的劍客與大亂的英雄。宇練所知不多，只聽說虛刀流是不用刀劍的劍法。初次聽聞之時，宇練心下頗為狐疑；既然不用刀劍，還能叫劍法麼？該叫拳法才是。但據說其招式與拳法又有顯著不同。只是宇練並未見過虛刀流門人，因此長年以來始終是不明就裡。

——沒想到對方會找上門來。

他自稱是第七代掌門。

由七花這個名字看來，他應是鑢六枝之子；人生得高頭大馬，年紀倒是很輕……

——他確實未使刀劍。

不過他從零閃招下救出咎女時所施展的腿上功夫——倘若那是虛刀流的招式——倒與拔刀術有異曲同工之妙。這麼說來，虛刀流便是以劍法為雛形創出的拳法……？

照理說，劍客捨劍並無益處；但既有捨劍的劍客，必然有他的道理存在。以這個道理為根基而創建的門派即是虛刀流。

——也罷。

多想無益。

無論虛刀流是何種劍法，與宇練全無干係。不僅虛刀流，任何對手的派別路數，宇練皆無須考量。

因為——

步入領域者便殺，再簡單明白不過。

「————唔？」

喀噹一聲，隨即一道光線射入，宇練知道有人開了紙門。

他想了許多過往及將來之事，不知不覺間竟睡著了。宇練刻意在紙門上做了手腳，以俾「客人」於入睡中來訪之際，能立刻清醒過來（這也是這個領域的特點）；但這種說醒便醒的淺眠毛病，其實也困擾他至深。

他緩緩張開不知不覺間閉上的眼瞼，只見鑢七花立於門檻彼端。

「…………呦！」

宇練不見咎女的人影，還以為七花將（看來沒半點兒武功的）她留在城外；但事實不然，只不過是她嬌小的身軀藏在高頭大馬的七花身後，看不見而已。咎女人在七花的正後方，從七花的雙腳之間隱約可瞥見她的錦衣華服。

——原來那女人躲在他的身後。不，是他擋在前頭保護她？

莫非七花暫且休戰，是怕危及她的安全？宇練確實曾對她狠下毒手。若是如此，何不如宇練起先所想一般，將女子留在城外？

又或這是背水一戰——不，背女一戰之意，顯示七花絕不後退、破釜沉舟的決心？但宇練不懂這麼做有何意義，七花大可不必如此——

——不。

回頭一想，向來刀不離身的宇練並沒資格批評七花。不願守護的物事離身的心境，宇練亦能瞭解——僅止於瞭解。

「讓你久等了。」

七花說道。

他的表情一派輕鬆，絲毫不像即將動武之人。宇練與各色各樣的人交過手，以這種表情赴殊死戰之人，要不便是腦袋空空，要不便是初生之犢不畏虎，要不便是可怕的強敵。

——又或三者皆是。

「哦？」

宇練回應。他仍有些微睡意，但零閃的鋒芒不會因些許睡意收斂，斬刀的鋒銳亦不會因此鈍毛。

「敢問兄臺，可是已想出對付零閃之計了？」

「唔，這倒難說。」

面對宇練的挑釁，七花從容回答：

「我想我這法兒十之八九會成功，不過畢竟是頭一次拿來對付拔刀術，一次定江山，心裡頭是有點兒不安。」

「怎麼，虛刀流有對抗拔刀術的法門？」

「只是教過遇上拔刀術時該怎麼出招，倒也不算是什麼法門。不過對手的本領若像你一樣，應該會成功。」

他表現得如此從容自在，反而顯得不把對手放在眼裡。

「我這個招數啊，對手的劍越快，成功的機率便越高。」

「……………」

越快越高？

宇練耳聽七花說話，眼睛卻敏銳地發現七花的裝扮與方才有異；雖然他依舊打赤膊，護臂與綁腿卻已除下，草鞋亦一併脫去。這座城已沾滿黃沙，來客穿鞋走動也是情有可原（實際上，宇練離開領域之時也穿著草鞋），但他卻脫去鞋子？

——出鞘了麼？

既然虛刀流使的不是刀劍，而是手刀與腳刀，那麼護臂與綁腿自然便等於刀鞘。換言之，如今的七花已亮出了刀刃。

「對了，宇練兄，我有個不情之請。」

七花說道：

「可否請你將斬刀『鈍』拔出刀鞘，讓我看看刀身？你使零閃時速度太快，我根本看不見。說來不怕宇練兄見笑，我雖是不使刀劍的虛刀流掌門，對這把無堅不摧的寶刀卻是頗有興趣。」

「……哼！」

一旦拔出刀來，須得再次還刀之後方可施展零閃。莫非七花是想騙得宇練拔刀，再趁隙攻擊？若說這便是對抗零閃的法兒，也未免太不周全了，連計略也稱不上；不過見七花的神態，似乎是純粹想見識斬刀，並非在使陰謀詭計。他脫下護臂、綁腿與草鞋，彷彿表示自己已亮出了兵器，要宇練禮尚往來，也讓他見見出鞘的斬刀。

「不成。」

也罷，這不重要。無論他是真心假意，宇練的答案只有一個。

「啊？」

「宇練流的拔刀術本質，在於不讓敵手見到刀身……對不住……不，其實也沒什麼好對不住的……若是想看，請你先破了零閃。打敗我後，你可以看個盡興。」

「真小氣！」

這原本就是個不情之請，但七花被拒，竟爾氣得鼓起了腮幫子。

「既然如此，我就恭敬不如從命吧！」

閒話到此為止。

鑢七花緩緩地擺出了起手式。

「虛刀流第七式——『杜若』。」

只見七花雙足前後平行，沉腰紮馬，上半身微微前傾；他豎起一雙肉掌，手肘亦是前後平行，成直角狀。此時七花的重心往前倚，臉卻朝向正面，目不轉睛地凝視端坐在地的宇練銀閣，彷彿即將拔腿疾衝過來。

——哼！

虧這虛刀流小子賣弄了這麼多玄虛，原來竟是打算正面進攻，全速衝入房裡一決勝負？看來那句「劍越快，成功的機率便越高」只是用來動搖敵心，虛張聲勢，其實是要搶在對手拔刀之前出招攻擊。

這種戰術是決計破不了這個領域的。

他心知只能硬碰硬，便想賭一賭自己的運氣。只能說他太過小覷「拔刀之時，業已還刀」的零閃了。

雖然宇練並未期待，失望之情依舊溢於言表。

「虛刀流——無以當我的對手。」

「呵呵……能讓宇練兄這般高手口出此言，是我的光榮……唔？慢著，『無以』？原來你瞧不起我啊？」

宇練並不理會裝瘋賣傻的七花。

待七花跨過門檻的那一瞬間，便是分出勝負的時刻。在這狹窄的房間之中，任何人都無法避過橫刈而來的拔刀術；縱使接下了招，亦會命喪於斬刀之下！

「也罷，動手吧！就位——」

七花更加壓低了姿勢。

「——預備，起！」

七花正面突擊，只見他後腳一蹬，前腳順勢跨越門檻——此為第一步；緊接著又踏出了第二步，而第三步——竟未出腳！

「零閃！」

宇練的右手握住刀柄，同一剎那，鏗然之聲響徹侷促的室內。

然而——

「——…………!?」

宇練後知後覺，乃是情有可原。斬刀「鈍」鋒銳無倫，削鐵如泥——不，即便說是削鐵如無物，亦不誇大。這把刀連空氣都能斬斷，更遑論是其他物事。又兼以使刀之人為宇練銀閣，所使招數是家傳絕技拔刀術零閃，鋒銳程度自是更上一層樓，難怪宇練直到瞬息之後方才發現自己的刀並未將鑢七花砍為兩段。

而那瞬息之間便成了致命傷。

「虛刀流——『薔薇』！」

■　■

「成功了麼！」

背後傳來咎女的聲音。

其實七花在這一回合所使的並非什麼妙招巧計，只是劍客過招時常用的伎倆；只不過他這伎倆的火候非比尋常，又大大出人意表。

他使的便是聲東擊西之計——牽制，所用的起手式乃是虛刀流第七式「杜若」。

上個月的不承島一戰中，七花對真庭蝙蝠施展的虛刀流第一式「鈴蘭」與第二式「水仙」皆是靜態的防守架勢；而第七式「杜若」正好相反，為動態的進攻架勢。

這一點即便是不懂武功的人亦是一目瞭然，也難怪宇練錯以為七花是抱著兩敗俱傷的決心全力搶攻。

然而實則不然，「杜若」雖是攻招，卻非單純的突擊招式。

由於一時間難以細說分明，七花於作戰會議時並未對咎女詳述。虛刀流教導門下子弟，面對縱劈而來的劍招應「往前躲避」，面對橫刈劍招之時，倘若情勢不容接招或閃躲，則須「在敵人揮劍之前或之後進攻」。這些俱是基本法門。

宇練以為七花會搶在他揮劍之前進攻，但七花採取的行動卻是後者。面對快得看不見的零閃，這條計用得可說是理所當然；但七花可不光是用計，還誘導宇練認定自己會搶在拔刀前先攻。

他以「杜若」虛晃了一招。

七花跨過門檻，踏入宇練的領域之際，改變了第一步與第二步——為求精確，該連靜止狀態的第零步也一併計入——間的移動速度。

第零步到第一步——亦即七花後腳一蹬時，正如宇練猜想，用上了十足勁道；然而第一步至第二步時，七花的前腳卻是減足了勁道，是以初速與終速之間產生了匪夷所思的差距。宇練一心認定七花會加速進攻，豈料他居然減速，這一加一減之下成效果然驚人，饒是宇練銀閣這般高手，竟也誤算了拔刀的時機。

莫說第三步，七花連第二步都未踏出。他作勢邁進，卻沒前進；不，進是進了，卻晚了分毫。

這一切全發生於電光石火之間。

看在宇練眼裡，七花切切實實地跨過了門檻，踏入了房間；然而這是他看走了眼。

而拔刀術的缺點，便是一旦出鞘，無法驟停。拔刀術不若七花的「杜若」這般靈活輕便，能隨心所欲地增減速度；只能一而再、再而三地加速。

宇練銀閣的絕對領域起了反效果。跨過門檻便斬，等於宣告自己但憑反射神經出刀；如此一來，要假想那道不存在的「牆」，反倒變得輕而易舉了。

說來可笑，宇練等於是公開宣揚了自己出刀的時機。但話說回來，敵人向自己突擊，他又焉能不出刀反擊？

成就了這條計的，正是迅捷無倫的零閃。

斬刀「鈍」鏗然還鞘之後，七花遲來的前踢——虛刀流「薔薇」旋即攻向宇練的左肩；只見宇練飛往後方，背部狠狠撞上身後的牆壁，發出了吐氣一般的呻吟聲。

「…………嗚！」

然而，對於咎女方才的問題，七花卻無法一口肯定；豈止如此，他恨恨地彈了下舌，隨即往後一縱，踩著門檻回到咎女所在的房間之中，立時又擺出了第七式。

「七、七花……？」

「不成，能摸著他已經不簡單啦……他自行往後縱開，閃過了。」

不過這回不該稱讚宇練閃得高明，而該責怪七花自己臨時從進攻轉為退後。

計策本身是成功了。如七花所料，零閃以分毫之差掠過了他的胸口；然而那驚人的劍壓卻令七花心生動搖。

說白了——

「……我怕了。」

便是這麼回事。

劍越快，成功的機率便越高——如同這句話所示，若是宇練的零閃再慢上那麼一點兒，七花的身體恐怕已斷為兩截。七花不由自主地想像自己的慘狀，這想像牽一髮而動全身，令他反射性地錯失由減速轉為加速的時機。是以宇練能躲開「薔薇」，全歸咎於七花自身。

這是缺乏實戰經驗而造成的弱點。

咎女一路上不該盡安排木刀比試，即使找不到使拔刀術的對手，也該讓七花練習與真刀對峙。七花對刀劍的所知，僅限於過去與蝙蝠交手的短短一回合而已。

七花並不害怕刀劍，卻畏懼劍法；他對以刀劍施展的劍法懷有恐懼之心。對於自小便謹守門規，不碰刀劍的七花而言，這份恐懼無疑是今後最重要的課題之一。

「七花——爾！」

「別動！咎女，躲在我身後，別出來！」

然而，這項課題並非一時一刻間能夠解決，眼下亦顧不得這許多。當務之急，是應付方才未能置於死地的宇練銀閣。

宇練已悄然起身。

沒錯，到了這個關頭，他終於由坐姿轉為站立。

「……實在驚人！」

他自言自語似地喃喃說道。

「第一回還可說是運氣，第二回可就不然了……這下我完全清醒過來啦！虛刀流的，這是我打從娘胎以來最為神清氣爽的時刻。」

「……好得很啊！」

七花與宇練互道早安。

「接著該請你早點兒歇下了。」

他垂著左肩，姿勢相當怪異，看來方才的「薔薇」並非毫無成效。然而宇練的拔刀術是以右手施展，左肩的傷勢並不礙事，反而造就了七花的不利局面。

因為這下子宇練便會拿出真本事來。

「宇練家專攻拔刀術，並未研究步法，但連我也看得出你方才的步法已臻絕妙之境。」

「絕妙之境？沒這回事，那只是虛刀流的基本功夫，算來是起手式中的第七式。」

「是嗎？令我好生欽佩。」

「別太誇我，我禁不住誇。」

「別這麼說嘛！先前我表現得自信滿滿，卻出了這般大醜，不多吹捧你幾句，如何下得了臺？你就乖乖地讓我多誇幾句吧！你那條寬口褲挺礙眼的。」

「是啊！」

這便是七花讚這條寬口褲「好活動，又好動武」的緣由。

由第七式增減速度之際，咎女相贈的寬口褲遮住了腳上與肌肉的變化；倘若七花露出雙腿，或許宇練便能從雙腿的動作看穿七花的企圖。所謂的「好動武」，便是著於此意。就這層意義上，這件寬口褲可說是七花的最佳護具。

「不過你可別以為同樣的招數還管用。」

宇練結束褒讚，說著便伸手探向腰間的刀；見狀，七花頓時緊張起來。不要緊，我人還在門檻的這一端，尚未踏入宇練的領域——

鏗鏗鏗鏗鏗！

連綿不斷的刀鞘撞擊聲猶如重唱一般，響徹了宇練的領域。

「零閃編隊——五架。」

宇練銀閣連續施展了五次零閃。

當然，七花看不見刀痕。

刀痕應有五道，七花卻連一條線也沒見著，只聽見嘈雜的刀鞘撞擊聲。看在七花眼中，宇練一直緊握著刀柄。

他居然同時拔刀還刀五次——！

「這麼一來，任你如何增減速度也無妨，這招可以克服那一丁點兒的誤差。」

「嗚……」

沒錯。

面對橫刈招式之時，待對手出刀後再行進攻——這個戰法的先決條件是對手並未連續攻擊。二連擊或三連擊便罷，五連擊可就……不，這還不見得是宇練的極限。

宇練曾云，宇練流的拔刀術本質，在於不讓敵手見到刀身；然而仔細一想，若他的拔刀術真以一招斃命著稱，根本無須立即還刀。縱使是為了有備無患，也未免過火。或許七花便是憑著本能察覺此事，才會倏然轉攻為退。不錯。

神速拔刀之後又神速還刀，乃是連擊的伏筆。

「……這就是你的殺手鐧？」

「殺手鐧？不不不，不是。」

宇練銀閣笑了。

在他微笑的那一剎那，刀鞘撞擊聲再度響起；同一時間，宇練的衣衫裂開，猛然噴出血來，正好是先前七花的「薔薇」掃過的左肩部位。

「……！喂！」

「斬刀『鈍』專用絕招——獵斬刀。」

宇練的表情因痛苦而扭曲，臉上卻仍帶著微笑，甚至有股從容不迫的氣概。他的出血量極大，鮮血轉眼間染紅了長衫與腳下，看來是砍著了粗大的動脈。

「喂……你、你居然自殘……？為何這麼做！」

拔刀術為橫刈，怎麼也砍不著自己的身體，因此宇練趁著還刀之際迅速地砍了自己一刀；這一刀七花依舊看不見，說來值得欽佩。但他為何於此時自殘——!?

「你不明白？」

宇練忍痛說道：

「這可是宇練金閣萬人斬的竅門啊！虛刀流的，看仔細了。」

鮮血由斬刀「鈍」的護手滴下，在宇練銀閣腳邊的血灘中製造出小小的漣漪。

不，血是從鞘口滴落的；鮮血由刀鞘中滿溢而出。

那顯然是宇練自身之血。他將自殘之際附著於刀身的血液（七花看不見）一滴不落地收進刀鞘之中。

滴答、滴答，血滴持續淌著。

「……？什、什麼意思？我看了還是不懂啊！」

「冰塊溶解時比結凍時更為滑手，對吧？」

宇練說道：

「同樣的道理，蓄血於刀鞘之中，讓鞘內保持濕潤，即可提升拔刀的速度；刀身與刀鞘的摩擦係數大幅減低，零閃便能臻光速之境。這就是斬刀『鈍』專用絕招，獵斬刀。」

這招原本該以敵人的鮮血施展——宇練洋洋自得地加上了這一句。他的肩頭依然血流不止，臉色亦越來越差，但他絲毫不以為意。

「正可謂越斬越快。」

宇練銀閣曾言及零閃的最高速度，但照這個道理說來，零閃的速度豈不是沒有界限？倘若當年宇練金閣真的以一敵萬，在他殺掉第一萬人時，斬刀「鈍」究竟締造了多少瞬間最高速度——!?

「………………!」

七花已言明在先，對手的劍越快，成功的機率便越高；事實上，宇練也確如七花所言，硬生生地挨了一擊。但他絲毫學不乖，不惜自殘亦要提升零閃的速度。

猶如對快馬加鞭，猶如非快不足以自豪，猶如唯快方能立足於天地之間，猶如為守護某種物事而不惜一切。

冷靜一想，其實鑢七花大可暫避其鋒，這點七花自己也立時察覺了。若非傷口極大，勢不足以流出大量鮮血，降低刀鞘之內的摩擦係數；想必宇練肩頭的傷勢與外表看來一樣沉重，如不加以治療，或許會危及生命。即便不然，只要七花別跨過門檻進入宇練的領域，不用他動上一招半式，待得僵持片刻過後，鞘內的血液自會凝固，反而提升摩擦係數。即使七花再怎麼不用大腦，這點兒道理仍是不想便知。獵斬刀唯有在以寡擊眾之時——換言之，唯有在血液取之不盡、用之不竭的戰場上方能施展，並非一對一時所用的招數。面對現在的宇練銀閣，七花只須以靜制動，便能占得上風，獲取勝利。

然而，縱使七花可不戰而勝，鑢家家訓並不容許他暫避其鋒，坐收漁翁之利。

身為虛刀流門人，身為一口日本刀，面對破釜沉舟的宇練銀閣，七花依舊維持進攻架勢，並未解除第七式「杜若」。

「好氣魄！」

「啊？」

「你如此坦蕩，我卻暗中留了一手，真教我自慚形穢。」

七花面露羞慚之色。

「我不再藏招啦，教你見識虛刀流的全部本領。」

「啊？怎麼，你也藏了一手？」

「也不算是，只是不愛用這招罷了。」

「哦！」

宇練並未出口譏諷七花是在虛張聲勢、擾亂敵心或賣弄玄虛。一來是因為他不這麼想，但最主要的原因卻是他不在乎。在零閃與獵斬刀之前，此話是真是假，並無干係。

換言之，宇練銀閣對於斬刀「鈍」及零閃自信滿滿。

「……啊，對了。」

宇練突然開口，但他說話的對象不是七花，而是背後的咎女。

「我有點兒好奇，姑且問上一問……小姑娘，妳方才說只要我肯交出斬刀，便可達成我任何願望，是吧？」

「…………？唔？不錯。」

咎女在七花身後回答。雖然看不見她的表情，由聲音可知她對於宇練突出此言頗為困惑。

「幕府會盡可能滿足爾所提出的要求。這個交易如今依然有效，倘若爾有此意——」

「那麼——」

宇練說道，聲音已不帶絲毫睡意。

「若我交出斬刀，妳能將因幡恢復原狀嗎？」

「…………」

這段對話，這場談判，乃是隔著七花的身體進行；便如七花看不見身後的咎女一般，在七花的身體阻擋之下，宇練與咎女也見不著彼此的身影。

或許便是因為如此，宇練才說出真心話；而或許便是因為如此，咎女才無法撒謊。

她原就是個不善撒謊之人。

「這事我辦不到。」

她斷然說道：

「莫說鳥取藩對幕府而言，已是不存在的藩國；即便不然，天下間豈有將沙漠化的地帶恢復原狀的方法？」

「……是嗎？」

宇練並不失望，反而如釋重負地點了點頭。

「這下我可安心了。這代表我出手攻擊妳，並非錯誤的判斷。」

「你……」

七花詢問宇練，他不能不問。

「為何幹這種事？」

「……誰知道？」

「這也是你方才所說的堅持？」

「對於這個問題，我的回答還是誰知道。」

宇練裝瘋賣傻，聳了聳肩。

「那句話是我隨口說說，別當真。」

「…………」

「我只是想守著什麼，而我能守的也只有這個了。」

「是嗎？」

對七花而言，守護的物事便是咎女；他決心保護她，縱使虛刀流及七花本身亦是咎女復仇之刃相向的對象，他仍決心保護她。

因此他才出戰，為了保護她而戰。

「我可要動手啦！」

「隨時候教。睜大你的眼睛，好好見識超越光速的零閃！若你真留了一手，儘管使出來。」

「那是當然，不過屆時只怕你已被大卸八塊。」

這句今早才決定的口頭禪用得恰到好處。

「就位，預備——」

七花運起變幻莫測的步法，使的仍是虛刀流第七式——「杜若」。

只見他盡其所能地前傾，腳下用力一蹬，將所蓄的力道全數爆發出來。

「咚！」

只不過他動的不是後腳，卻是前腳。他的前腳往後一蹬，身子猛然後抽，與他原來的前衛姿勢完全背道而馳。這一招大大出人意表，既非作勢上前而不上前，亦非晚一步踏進，而是反過來向後退。

這條聲東擊西之計奏了效，七花尚未跨過門檻，宇練便已反射性地拔出斬刀。

鏗然之聲響起，卻未戛然而止，而是鏗鏗鏗鏗鏗鏗鏗鏗鏗鏗地連響十聲。

「零閃編隊——十架！」

將突擊時間差化為無物的零閃連擊，速度顯然遠遠凌駕宇練盤坐時所施展者；只見宇練出刀速度一再攀升，第三次還刀彷彿快過了第二次拔刀。

虛刀流的「薔薇」也好，其他招數也罷；在這片絕對領域之中，絲毫不存踏入的時間與介入的空隙！

「————！」

然而——

七花接下來的舉動更讓宇練驚訝。任誰都以為七花暫退一步，虛晃一招之後，便會上前突擊；誰知他的後腳竟與前腳一般……不，是更為迅速地退往後方。

第七式的步法變化莫測，不光是增減速度，倒退行走時亦是矯若遊龍。但此時他全速後退，又有何意義？

七花已退了一張榻榻米的距離，如今即使以再快的速度向前疾衝，皆會被零閃封殺，再無聲東擊西或牽制之效。

再者，七花守護的對象——咎女便站在他的身後；要她在背後壓陣，不正是為了背水一戰，顯示自己絕不退卻的決心嗎？

不，非也。

「……？唔？」

再次強調，奇策士咎女不懂武功，甚至該說她笨手笨腳至極；是以當七花朝著自己的方向猛然退後之時，她完全沒想過要閃躲。

「唔？」

七花的腳掌已迫在眼前，她仍未發現。

倘若這是本現代漫畫，應該會在這裡添上大大的「咚隆！」效果文字。鑢七花一躍而起，後飛踢以直逼藝術的完美角度正中奇策士咎女的臉龐。

「呀嗚！」

咎女發出了新穎時髦的叫聲。

這招對於宇練而言乃是計算之外——或該說預料之外；然而七花後躍踢中咎女臉孔，卻如「杜若」的步法一般，既非虛晃一招，亦非為了「嚇唬」宇練。

七花踢中咎女之後，雙腳如彈簧一曲，又再度縱躍。

不錯，他乃是藉咎女的身體為「壁」，施展了記三角縱躍。

七花大步跨越門檻，卻未進入宇練銀閣的絕對領域。其實與其說他跨越門檻，不如說是跨越門楣。他以分毫之差掠過門楣，斜刺裡侵入宇練的居室。

宇練的居室狹小偪促，盡在零閃的攻擊範圍之內；然而這句話是出於平面觀點，並非空間觀點，是以面積論，而非以容積論之。

這個房間確實狹隘蝸窄，天花板卻極為高聳，縱使人高馬大的七花踮腳伸手，依舊搆不著；換言之，刀尖不及的高度，即是宇練的絕對領域之外。

……七花請求宇練讓他觀看斬刀刀身，便是為了掌握刀身的正確長度。宇練未允其請，他便目測刀鞘長度，判斷無礙之後，方才付諸行動。所幸，他的判斷是正確的。

「嗚，嗚嗚——」

宇練握著斬刀刀柄，呆若木雞；刀鞘撞擊之聲並未響起，因為他沒有拔刀——不，是無法拔刀。

鑢七花連打了好幾個旋兒，抵消了騰躍的力道，最後著落於宇練銀閣正上方的天花板。

「虛、虛——虛刀流的！」

「拔刀術總不能拿來對付正上方的敵手吧？」

七花說道。

宇練依舊握著斬刀刀柄，束手無策，只能滿臉驚恐地仰望正上方。

絕對領域登時反轉，宇練反被困在房裡，無處可逃。

即便是在睡夢之中，宇練銀閣也該多花點兒心思推測虛刀流的路數，不該止於「以劍法為雛形創出的拳法」。若是多加思索，或許他便能領會劍客不持刀劍的好處。

談到不持刀劍，一般人首先想到的便是雙手可騰出空來，其實不然。最大的好處，是腿上功夫的花樣變得更多。「杜若」的步法、三角縱躍及著落於天花板，仗的皆是這一點——手上少了刀劍，動作便靈活輕盈許多。

宇練該多加思量，像七花這般虎背熊腰的漢子，若是擁有與體格毫不相稱的矯捷身手，將是多麼可怕的優勢。

「既然你已經搞清楚狀況了，便快快分出勝負吧！對了，這招若是像現在一樣於腳上能著力之處施展，威力可增加三成。接招吧！」

不過這招並不能把人大卸八塊——七花又叨叨絮絮地訂正，並從天花板縱向地板。

於是乎，七花從宇練銀閣的正上方飛身而下，腳便如斧刀一般乘著體重之勢往前方加速迴轉三圈，腳跟猛烈一擊！

「虛刀流第七絕招——『落花狼藉』！」

於這一剎那，屹立於鳥取名勝——因幡沙漠上的下酷城終告失陷。

終章

■ ■

翌日傍晚時分。

鑢七花與咎女循著原路離開因幡沙漠，回到前天投宿的客棧。當然，「循著原路」只是種修辭，沙漠中並無道路。倘若直接往西取道伯耆，咎女的體力恐怕無法支持，因此他們初時便議定先行折回，再繞因幡沙漠前往目的地。

說歸說，七花只知道下一個目的地位於因幡西方而已，因此他對著一到客棧便忙著打包斬刀「鈍」的咎女問道：

「欸，接下來我們上哪兒去啊？」

「…………」

咎女卻沒回答。

不只此刻，自從被七花踢了臉蛋、又被當成三角縱躍的踏腳以來，咎女沒對七花說過半個字。她的心境不難理解，但堂堂奇策士咎女竟對一個比自己年少的男子採取這種態度，未免太過孩子氣。

「喂！」

「……………」

「欸，咎女！」

「……………」

「咎女，別不理人嘛！妳為何從昨天起就一聲不吭啊？該不會是中了我那一腳，咬破了嘴，不能說話吧？我掛念得很——」

「囉唆！」

而且還在對方道歉之前便妥協，真是窩囊得緊。

「別人正在氣頭上時，別厚著臉皮來說話！一丁點兒反省的態度都沒有，最後居然還操起風馬牛不相干的心！哼！我當初可沒想到爾是為了把我當牆壁踹，才要我站在身後！」

「哦，妳在氣這件事啊？」

「我沒生氣！」

簡直是前言不對後語。

七花解釋自己當時是迫於情勢。他雖然覺得過意不去，卻毫無反省之色。

「其實我只是預先鋪了條後路而已，倘若起先的『杜若』與『薔薇』雙招見效，也用不著勞煩妳了。我若是不施展三角縱躍，哪能避開那傢伙的領域，攀住天花板？」

其實宇練並非對領域的漏洞不知不覺。他心知絕對領域在立體面上有隙可趁，卻沒料到七花會以同伴為踏腳石而三角縱躍。

「那爾最初便該明講，何必說什麼有個物事得守護的人往往較強，引人遐想！」

「抱歉，那是我隨口胡謅的。」

「胡謅!?」

「別吼我嘛！我是拿妳當牆壁，但沒拿妳當擋箭牌啊！要是事先把計策告訴妳，饒是妳再怎麼笨手笨腳，難保不會反射性躲開；我背上又沒長眼，妳若沒站在我預估的位置上，『落花狼藉』便使不出來了。」

「哼！托爾這條爛計之福，我又錯過爾的絕招了。」

「妳在道場不是看過好幾次『落花狼藉』了？」

「我是指在真正決戰之時。也罷！」

咎女說道，她嚷了一陣，已洩了幾分怒氣。

她的個性雖然孩子氣，卻不記恨。

又或許她是念在斬刀「鈍」到手，不再計較。畢竟無論過程如何，這才是她最優先的目的。

「話說回來，『落花狼藉』也好，『杜若』也罷，爾的拳腳路數倒和忍者有幾分相近。」

「唔？是嗎？我對忍者所知無幾，不知道是否相像。」

說著，七花又一派悠閒地想道：「啊！這麼一提，上個月那個叫蝙蝠的忍者是挺會跳的。」

「縱躍奔走乃是忍者的專長，劍客則是腳踏實地的生物。虛刀流開山祖師鑢一根老前輩或許曾將忍者的功夫納入派門之中。」

「唔！」

七花點頭。

「若是如此，日後虛刀流對上不用劍法的真忍，便不至於無計可施了。少了真庭白鷺，真忍餘下的首領只剩十人了？」

「沒錯。對了，有件事或許不該現在說，但我總得提點提點。七花，爾那招『杜若』雖能自由增減速度、調整緩急，步法變幻莫測，卻非毫無弱點。」

「弱點？」

「這回寬口褲遮掩了爾的步法變化，建了大功，卻難保下回不會造成反效果。倘若敵人並非宇練那般高手，這種牽制根本毫無意義。舉個例子，我在後觀戰，根本看不出爾何時牽制、何時加速、何時減速，看來只是一味橫衝直撞而已；換言之，這套步法對於三流的對手並不管用。還有，那招第七式於前後移動確實是矯若遊龍，但左右移動可就不然了吧？」

「——被妳說中了。」

七花肯定咎女的指摘。

七花是用招之人，對於弱點自是瞭若指掌；但咎女不過在身後觀戰便能看穿這一點，實在教人驚嘆。看來軍師二字果非浪得虛名。

「豈止不然，那招無法左右移動。左右移動用的招式是第六式，不過沒前後移動那般輕靈。第六式的真髓在於其他地方……等妳實際見識過後，便知分曉。」

「那我就拭目以待。」

咎女說道。

她輕輕地敲了敲裝有斬刀「鈍」的盒子，宛如主張所有權一般。

「好了，現在已打包完畢，待我將東西送回尾張後，便要出發了。爾方才問下一個目的地是吧？接下來是出雲。我們將繞過因幡沙漠，取道美作、備中及備後。」

「出雲啊？便是眾神雲集之地嘛！」

「千刀『鎩』所在之處為一神社，歷史比當今尾張幕府或虛刀流更為悠久，說來倒不致辱沒了寶刀。持有這千把刀的，為一千名巫女。」

咎女說道：

「一千把刀是個大數目，即使順利奪得，還得煩惱如何送回尾張。光是運送絕刀及斬刀，便已教我費盡心機了……唔？對了，七花。」

「唔？」

「爾尚未見過斬刀刀身吧？我清洗刀身及鞘內鮮血之際，爾並不在旁……爾不是想見識見識麼？不過我已經打包了……」

「唔……」

七花當時對宇練那麼說，是為了測量刀身的正確長度及絕對領域的正確範圍；但他說自己對刀頗感興趣，卻不是謊言。

他的確想見識這把無堅不摧的刀。不過——

「不，還是算了。」

七花說道。

「哦？這樣我便省去拆封的麻煩——但爾真的不看？這是區區小事，無須客氣。」

「嗯！」

「是麼？」

「嗯！」

其實咎女清洗斬刀之時，七花是刻意避而遠之的。他希望能在不看到斬刀刀身的情況下了結這個任務。

七花的眼睛自始至終都沒能捕捉到宇練銀閣的零閃。既然自己連半架零閃都無法擊落，願賭就該服輸。

「…………」

零閃傳人——宇練銀閣業已殞命。七花的「落花狼藉」打傷了他，但致命傷卻是他先前以斬刀自殘左肩時留下的傷口。鮮血汩汩流出，染紅了那個房間的所有榻榻米，宇練亦撒手歸天。

或許對於一名武士或一名劍客而言，算不上是死得其所；但對於他而言，應當是死得其所吧！

「今後因幡該怎麼辦？下酷城呢？」

「不怎麼辦。那裡已不屬幕府管轄，只會繼續荒廢沒落下去。饒是如此，在吾人百年以後，它仍會繼續存在，或許千年後依然屹立不搖，只不過再也不是城池了。」

「空無一人，便不是城池了？」

「亦不是村鎮或藩國。」

「是嗎？」

「或許劍客與刀劍終究勝不了自然吧！」

「這就是結論？」

「沒錯。」

「嗯……」

有個物事得守護的人，往往比較強。

對七花而言，這話只是哄騙咎女用的；但對宇練而言，似乎並非如此。有些人為了生存，必須守著某些物事——經過這一戰，七花明白了這點。

宇練銀閣無欲無求，卻執著於守護這些物事。七花生長於無人島，向來過著一無所有的生活；他並不認為自己需要，也不想要守護的物事。但如今他卻覺得，或許自己藉由守護咎女，變得更為強韌了。

「……話說回來，咎女。」

「何事？」

「宇練死前的那句話，真是帥氣得緊啊！」

七花對咎女說出自己一直心心念念之事。

「不但帥氣，又能顯現他的特色……那也是口頭禪嗎？」

——……啊！

當時，宇練的腦門硬生生地挨了虛刀流第七絕招；他仰天倒下，再也無力起身，並帶著朦朧卻安詳的眼神說道：

——這下子……總算能好好睡上一覺了。

「不太一樣。」

咎女的表情嚴峻，口吻辛辣。

「那是辭世詞，為死前最後一刻所說的辭句，亦可說是遺言，和口頭禪不同，一輩子只在駕鶴西歸之時說上那麼一次。」

「……是嗎？」

「爾如此好奇麼?的確，辭世詞比口頭禪更能彰顯特色，因為一生就說這麼一次。不過，七花，爾連這一次的機會亦不可得。」

咎女強硬地說道：

「所以用不著去想辭世詞。」

■

■

如此這般，此時的鑢七花終究未能一窺斬刀「鈍」的廬山真面目；他一直到斬刀再次向著自己之時，才能知道這把有無堅不摧之譽的寶刀生得如何模樣——換言之，得等到這一年的年底。

（斬刀・鈍——得手）
（第二話——完）
（第三話待續）

登場人物介紹 ろ

宇練銀閣

年齡	三十二
職業	劍士
所屬	無所屬
身分	浪人
所有刀	斬刀『鈍』
身長	五尺四寸二分
體重	十四貫二斤
興趣	睡覺

必殺技一覽

絕對領域	⇦⇙⇩⇘⇨斬＋突
零　　閃	⇦⇖⇧⇗⇨斬
零閃編隊・五架	⇦⇖⇧⇗⇨斬斬
零閃編隊・十架	⇦⇖⇧⇗⇨斬斬斬
獵斬刀	⇦⇨⇦⇨斬＋突＋蹴

下回預告

交戰對手	敦賀迷彩
蒐集對象	千刀・鎩
決戰舞臺	出雲・三途神社

後記

擁有守護對象的人與沒有守護對象的人，究竟哪個較強？答案自然因場面與狀況而異。不過，倘若我們站在高處，以更從容的心態來看待這個問題，便會發現有時候站在守護立場的人，竟在不知不覺間被守護對象所保護；由這點看來，擁有守護對象的人似乎比較有利。沒有守護對象的人確實自由自在、無拘無束；但所謂的自由，卻非如此簡單。話說回來，擁有守護對象的人的確非防禦不可，但卻沒人規定沒有守護對象的人就得攻擊；因此將擁有守護對象的人與沒有守護對象的人當成反義詞來討論，就某種意義上而言，是牛頭不對馬嘴。再者，有時守護對象並不是物質上的——比如朋友、家人、情人等等，而是堅持、原則及自尊之類；若將這些形而上的事物一併列入「守護對象」，或許世上根本沒有「沒有守護對象的人」。再扯遠一點兒，無論是世界級的戰爭或個人級的戰鬥，如將為了得到某些東西（使用露骨說法，便是為了奪取某些東西）的陣營歸類為攻方，將為了守護某些東西（同樣使用露骨說法，便是為了不被奪取某些東西）的陣營歸類為守方，大多都是守方得勝。畢竟兩者的幹勁不同——比起獲得，人類往往更害怕失去——因此這種結果可說是理所當然。不過這麼一想，守護這種行為似乎沒有字面上那麼美好。

各位是守著什麼而活？或許沒有守護對象的人，也是為了守護沒有守護對象的自己而活——這個主題與本書「刀語」第二卷完全無關。本書的舞台為鳥取，而因幡沙漠的原形不消說，自然是鳥取沙丘。我很喜歡那個地方，常常前往遊覽，一望無際的黃沙相當壯觀。每當回想起那幅景色，便不住希望自己能在有生之年見識到真正的沙漠。虛刀流第七代掌門鑢七花與奇策士咎女的旅程才剛開始，希望他們今後能逐一造訪我喜愛的景點或我無法前往的地方。這點和竹的彩稿一樣，都是我寫作時的樂趣。如此這般，謹獻上「刀語第二話／斬刀・鈍」。下回的題名是……呃，叫什麼來著？「千刀・鎩」嗎？

按照往例，在此對愛護本作的各位讀者致上深深的謝意。

西尾維新

本書乃應十二個月連續刊行企畫『大河小說 2007』所寫下之作品。

浮文字

刀語 第二話 斬刀・鈍

（原名：刀語 第二話 斬刀・鈍）

作者／西尾維新　插畫／take　譯者／王靜怡
執行長／陳君平　榮譽發行人／黃鎮隆
協理／洪琇菁　國際版權／黃令歡
執行編輯／呂尚燁　美術編輯／李政儀
企劃宣傳／洪國瑋
發行／英屬蓋曼群島商家庭傳媒股份有限公司城邦分公司　尖端出版
台北市中山區民生東路二段一四一號十樓
電話：（〇二）二五〇〇—七六〇〇（代表號）
傳真：（〇二）二五〇〇—一九七九
中部以北經銷（含宜花東）／楨彥有限公司
電話：（〇二）八九一九—三三六九
傳真：（〇二）八九一四—五五二四
雲嘉經銷／智豐圖書股份有限公司　嘉義公司
電話：（〇五）二三三—三八五二
傳真：（〇五）二三三—三八六三
南部經銷／智豐圖書股份有限公司　高雄公司
電話：（〇七）三七三—〇〇七九
傳真：（〇七）三七三—〇〇八七
一代匯集／香港九龍旺角塘尾道六十四號龍駒企業大廈十樓B&D室
電話：（八五二）二七八三—八一〇二
傳真：（八五二）二七八二—一五二九
馬新經銷／城邦（馬新）出版集團　Cite(M)Sdn.Bhd.
E-mail：Cite@cite.com.my
法律顧問／王子文律師　元禾法律事務所
北市羅斯福路三段三十七號十五樓
二〇二二年九月二版一刷

KODANSHA BOX

■中文版■

國家圖書館出版品預行編目資料

刀語 / 西尾維新 著 ; 王靜怡譯. -- 2版.
--臺北市：尖端出版, 2022.09
面 ; 公分. --(浮文字)
譯自:**刀語**
ISBN 978-626-338-406-4 (第1冊 : 平裝)
ISBN 978-626-338-407-1 (第2冊 : 平裝)
ISBN 978-626-338-408-8 (第3冊 : 平裝)
ISBN 978-626-338-409-5 (第4冊 : 平裝)
ISBN 978-626-338-410-1 (第5冊 : 平裝)
ISBN 978-626-338-411-8 (第6冊 : 平裝)
ISBN 978-626-338-412-5 (第7冊 : 平裝)
ISBN 978-626-338-413-2 (第8冊 : 平裝)
ISBN 978-626-338-414-9 (第9冊 : 平裝)
ISBN 978-626-338-415-6 (第10冊 : 平裝)
ISBN 978-626-338-416-3 (第11冊 : 平裝)
ISBN 978-626-338-417-0 (第12冊 : 平裝)

861.57 111012170